回憶重疊的樂園戰場。
接著兩人
拿起了武器
The two girls take up arms on
the battlefield of arcadia
where their wishes overlap.
AUTHOR
鴉ぴえろ
ILLUST.
みきさい

序章　初始之歌

這裡是千年城市。由龍所守護的永恆之都♪
今天也是幸福的一天開始♪明天，後天，也依然如此♪
來吧，在豐盛的日子裡，讓我們笑著、跳著，度過生活♪
向守護龍大人歌詠♪表達感激之情、喜悅之情♪
這裡是千年城市。龍都魯德貝基亞♪是我們的樂園啊♪

——來自魯德貝基亞的都歌

對我來說，這一首魯德貝基亞都歌，不僅是搖籃曲，也是我追逐夢想的契機。

正當我與高采烈地哼著歌時，我的摯友瑟絲卡以「敗給妳」的口吻說道：

「妳還真不會膩啊，蕾妮。」

瑟絲卡是一名擁有深藍色頭髮及瞳孔如同紫水晶般的少女，明明與我同齡，她卻給人一種不管到哪裡都散發出沉熟穩重的氣息。

由於她的態度總是讓人覺得有些冷淡，因此朋友很少。

通常她都會與我一起行動，今天也依然如此。

「這首歌真好聽！不管唱幾遍都不會膩！」

「每天聽妳這樣唱，難道妳都不會膩嗎？」

「才不膩呢——！」

面對邊聳肩邊說道的瑟絲卡，我鼓起了臉頰。

瑟絲卡就是因為是個現實主義者，所以個性一點也不討喜，根本就不可愛！

「妳才不容易就感到厭煩，這樣才不好哦。」

「好了好了，妳要向我說教的話就免了吧，再擺出『氣噗噗』的表情，等一下又要哭了？愛．哭．鬼．蕾．妮。」

「我才不是什麼愛哭鬼！妳的心眼可真壞！」

「是嗎？像妳這種愛哭鬼，怎麼可能成為守護龍大人的巫女呢？」

「哇啊——！我絕對不會原諒妳！妳就站在那裡等著被我修理吧——！今天，我一定要好好教訓妳一番！」

「呦，從以前到現在都沒有贏過我一次，妳的口氣，還真大呀？」

「可惡——！別以為還是過去的我——！」

「那我可真是要好好見識見識。」

我的雙手所持的是將木棒化作雙劍，而瑟絲卡所持的則是將長棒化作長槍。

雖然很不想承認，但是瑟絲卡非常擅長操作長槍，即便使用同樣的槍當作武器，我也毫無勝算。話雖如此，光是用一把劍抵擋住她的攻擊，其實就已經非常吃力，我一下子就被她擊倒在地。

我好不容易掙扎著走到劍面前，將劍拿起，我以為這樣可以就此增加攻擊的機會，向瑟絲卡進攻！……不過，顯然沒有太大的效果。

就這麼，我們彼此握住武器，擺出架勢，雙方僵持不下。接著，我向她發起了攻勢，試圖衝向瑟絲卡，但我一靠近，瑟絲卡就揮舞著長槍。看著我如此緊咬不放、難以攻破的模樣，她樂在其中並注視著我受挫的模樣，而我的進攻就又更加猛烈了，持續朝她揮舞著雙劍。

「如果妳沒辦法打敗我，就無法成為守護龍大人的巫女了哦？看吧，妳這裡又出現了破綻！」

就這樣，犀利的一擊刺向了我，險些把我手中的劍給彈飛。

我大口喘氣，相較之下，瑟絲卡卻表現出一副從容不迫的模樣，也跟著重新調整好戰鬥的姿態。雖然她的個性並不好相處，但她的實力早已超越了同齡之人，甚至能夠與成年人匹敵。

正因如此，我想超越琵絲卡。

我們所居住的城市是龍都魯德貝基亞。而與城市擁有同樣名字的守護龍——魯德貝基亞大人，傳達祂意願的代理人，正是巫女。

巫女是這座城市之中最強且最值得人們敬仰的人物。如今我們能夠過著如此安逸的生活，正是因為有守護龍大人及巫女的功勞。

要成為那樣的巫女，就必須具備能夠掌握守護龍大人的力量適性。

至少我的實力得先超越琵絲卡，夢想才會實現。所以，今天我又向她發起了挑戰。這是為了瞭解到她的實力，也是為了要戰勝她。

……不過，到目前為止，我全都戰敗！琵絲卡，妳可真是毫不留情啊！

「還繼續嗎？」

「當然！因為我……一定會……實現我的夢想！」

「夢想嗎……妳就這麼想成為巫女？」

琵絲卡再調整好戰鬥姿態以後，驚呆不已地向我問道。而我則是在一邊調整呼吸的同時，再次確認了自己的想法。

我之所以想成為巫女，是因為我每天都能夠吃飽飯，大家都能夠笑容滿面地度過生活。

看著大家那樣的笑容，我也為此而感到開心且幸福。

這樣的城市能夠維持下去，全都是守護龍大人及巫女的功勞。那麼，我也想要成為像他們那樣的存在。

眾人們在祭典儀式中歡欣雀躍，迎接向大家致詞露面的巫女大人。看著巫女大人向我們揮手致意的模樣，我也想要成為像她那樣的存在。

「因為巫女……是我的嚮往！」

「原來……能夠努力不懈到這種地步，或許我也稍微有點羨慕妳呢。」

瞬間，瑟絲卡貌似散發出不同於以往的氣場，是我的錯覺嗎？我在心中不由得產生了疑問，但那時的她，早已恢復成平常的表情。

「看吧，現在輪到我發動攻擊！如果妳想成為巫女的話，就得打倒我！」

「那是壞人的臺詞啦！」

我勉強接住了瑟絲卡一連串猛烈的攻擊。

說實話，那樣的感覺很痛苦，彷彿要擺脫某種束縛。每當我感受到自己與瑟絲卡的實力有壓倒性的差距時，內心的暗處總會有個聲音，告訴自己放棄一切會更加輕鬆些。

「——即便如此！」

這並不能成為我放棄夢想的理由，因此，今天我仍然要繼續追求顛峰。

當我唱起這首初始之歌時，就代表著我已經下定了決心，逐漸邁向夢想。接著，幸福的日子正不斷地一點一滴流逝著。

第一章　幸福的日常

「又睡過頭了？蕾妮。」

「唔姆？嗯——!?」

正當我享受著美好的睡眠時刻時，鼻子突然被人一捏，無法呼吸。

我一鼓作氣地一躍而起，瞪著映入眼簾的對象。

「瑟絲卡！妳就不能用正常一點的方式叫醒我嗎？」

「妳又叫不起來，我也沒辦法啊。不快點準備的話，會錯過早餐的用餐時間哦？」

「不是吧!?哇，那妳應該要早點叫醒我啊！」

「妳要求還真多。」

瑟絲卡聳聳肩，擺出一副「敗給妳了」的樣子，深深地嘆了口氣，不過臉上明顯表現出了愉悅的表情，我知道她又在捉弄我了。

雖然她的行為讓我感到非常的火大，不過我還是從床上跳了下來。慌張地脫下了身上的睡衣，扔向一旁，迅速換好了衣服。

我看向鏡子，確認好自己的儀容。鏡中呈現出自己早已看慣的面容，如同成熟麥穗般金黃色的頭髮，橙色般的瞳孔，睡醒後不會因此而扁塌的柔順秀髮，是我小小的驕傲。

我用最喜歡的髮帶將頭髮紮成了雙馬尾，在確認好是我平時的髮型之後，我轉過身走向瑟絲卡身邊說道：

「抱歉，讓妳久等了。」

「好了好了，如果妳能自己起床的話，我就不會這麼麻煩了啊。」

瑟絲卡輕揮著手，一邊如此說道。

或許是因為我剛才夢見了她小時候的模樣，所以現在看見了變成十五歲的她，又更加的成熟穩重了。原來，我們已經在同一個寢室裡一起度過了將近了十年，不禁再次感慨時光的飛逝。

「我夢見了一個很令人懷念的夢哦！是關於和妳一起在祕密基地裡自主訓練時候的美夢！」

「那是什麼時候的事了？妳每次輸的時候都會很不甘心地哭出來，我早就已經司

空見慣了。」

「我才沒哭！妳別自己隨便亂捏造記憶！」

「好啦、好啦。」

我一邊和瑟絲卡相互鬥嘴，一邊匆忙地趕往食堂。食堂裡已是人山人海，在已經有人先行享用早餐的熱鬧氣氛中，我們拿取自己的餐點，並開始尋找座位入座。

「起得晚的話，就會非常難找座位。這都是某人睡過頭的錯。」

「要是妳也覺得困擾的話，早點叫醒我不就行了！」

在尋找座位的同時，我一邊向身旁的瑟絲卡不停地抱怨，表示抗議，不過她卻當作耳邊風似的。

本想去踩她一腳，但盤子裡有我們的餐點。我絕不容許浪費食物。而且，也很害怕遭到她的報復。

稍微走了幾步之後，我們終於找到了可以一起坐的位置。

「話說回來，時間還過得真快啊。」

「怎麼突然提起這個？」

「還不是因為明天就要舉辦巫女的最終選拔賽。」

我們生活的地方是為了培育巫女所設立的培育機構，就建立在位於充滿守護龍大人力量的聖域之中。我們在這裡度過生活、接受訓練，並提升實力。其目的在於為了達到能夠成為守護龍大人之代理人——巫女與之相襯的實力。

為了確保無時無刻都能夠有巫女更迭，這所培育機構始終對外開放。而在這座城市裡長大的孩子，多半都是在這度過幼年時期。

「我們這一世代，好像還是留在聖域裡的孩子居多呢。」

「那當然。畢竟即將迎來巫女更迭的時刻。」

由於即將迎來巫女更迭的時刻，我們這一世代的孩子，為了能夠抓住成為巫女的機會，大多數都選擇留在聖域裡生活。

以往多數的孩子在完成最基本的教育之後，就會選擇離開這所培育機構。但是我們這一世代，碰巧遇上了特殊時期。

然而，巫女的選拔，年齡限制規定必須在十五歲以下，因為力量在十五歲以前都處於成長期，之後便會逐漸削弱。

這或許是守護龍大人所賦予的特性，因此年齡一旦達到十五歲以後，巫女就會無法維持住自身的力量。一旦輕易停止了訓練，力量就會迅速消失。

巫女是唯一的特例，因為她能直接從守護龍大人那裡獲得力量，所以力量自然也不會削弱。這一點，課堂上也有教過。

「回想起來，我們也是歷經了許多艱辛啊……」

「聽說一旦接近巫女更迭之時，選拔就會比往年更加嚴苛呢。」

「確實如此……」

回想起在聖域裡的那段日子，我就心情低落，不由得深深地嘆了口氣。

當年，年僅七歲的我，進到這所機構。從那之後，我就一直待在這。現在的我，已經十五歲了。這段期間，為了實現成為巫女的願望，我經歷了非常嚴苛的訓練。

「不過，我倒是沒有像妳這般辛苦就是了。」

「哇，妳這真是氣死人的說法！真不愧是被譽為成績最優秀的瑟絲卡，表達方式還真是與眾不同？」

「因為是事實。」

「真──是──氣──死──人──了！」

「嗯，只是現階段最優秀罷了。最終還是要看選拔的結果而定。由成績排名前四的候選人再入選拔賽，最後勝出的人，就能夠成為巫女。這很好理解吧。」

瑟絲卡所說出的這番話，不禁讓我肅然起敬。

選拔賽是為了選出下一任巫女所舉辦的儀式，從所有的候補生之中，選出成績優秀的四名候選人，再由這四人相互較勁，選出最優秀的一位，即可成為巫女。

不瞞各位，我和瑟絲卡就在優秀的候選人名單之中！

「說得那麼容易……妳可真是一點都不緊張呢。」

如果以巫女的角度來看，瑟絲卡的實力不僅強大，頭腦也非常聰慧。做為一名現實主義者，她看事情的角度也都面面俱到，確實很有巫女的風範。

實際上，對於瑟絲卡成為下一任巫女的推崇聲浪，也不勝枚舉。正當我看著她的臉這樣認為時，她倒是表現出一副很瞧不起我的樣子。

「那麼，妳之所以會緊張，是因為在四名候選人之中成績是吊車尾緣故嗎？」

「唔哇——！明明我也被選為候選人，所以，我也是很厲害的——！」

雖然我進入了最終選拔賽，但成績是候選人之中排名最差的。

即便如此，我還是擠進了最終的候選人名單行列！不是我表現得太差，而是其他人的實力太過強大！特別是坐在我面前這位非常討厭的摯友——瑟絲卡！

「好了好了。反正今天也沒發生什麼事，那就悠哉悠哉地度過吧。」

「也好……」

明天，即將迎來四人的最終選拔戰，因此今天是沒有任何訓練的休息日。我想，大家應該都是為了明天的最終選拔賽而在做準備吧。

「瑟絲卡，妳打算怎麼度過？」

「說得也是……這樣的話，那麼我們一起出去散散心如何？」

「散散心嗎……沒錯！這也是在比賽前非常重要的一環。」

「那就這樣決定了……我吃飽了。」

「……嗯？」

瑟絲卡突然雙手合十，不禁讓我驚訝不已。

不知何時，瑟絲卡的早餐已經變得乾乾淨淨。她看向了我，而我的早餐還有一半以上。

「……我可以先走一步嗎？」

「當然不行啊！真是的，妳是什麼時候把早餐吃光的!?」

「我就坐在妳旁邊吃光的啊。」

「真是氣死我了！喂，等等，別丟下我啊，我說、瑟絲卡！」

「那妳就快點吃，我會看著妳吃的。」

「可惡——！氣死我了——！不要看著我吃東西啦——！」

我一邊氣憤不已，一邊開始狼吞虎嚥地吃著早餐。這段期間，瑟絲卡則是用手托著臉頰，看起來十分愉悅地注視著我。看著她這副模樣，真是氣死我了！

＊　＊　＊

吃完早餐之後，我和瑟絲卡一起離開聖域，不到一會兒，走到了街道上。我一邊伸起了懶腰，欣賞著熟悉的街景。

「果然一離開聖域，就有一種走出外面的感覺呢。」

「是嗎？」

「沒錯！妳看，空氣就是不一樣，感覺完全不同！我總覺得聖域裡充滿了守護龍大人的氣息。」

「嗯，妳還真是一如既往愛做白日夢，該怎麼說呢……感覺有點像小孩子？」

「喂！妳能不能偶爾認真地聽一下別人說的話啊!?」

「因為同樣的話我已經聽過不知道多少遍了啊。」

「不就是因為每次妳都是表現出令人無法確定是否有聽進去的態度來回應嗎!?」

當我和瑟絲卡走在路上嬉戲的同時，看見了人們的身影。大家都很友善地向我們揮手打招呼。

「早安！蕾妮小姐！瑟絲卡小姐！明天的最終選拔比賽，要加油哦！」

「不僅是瑟絲卡，沒想到連蕾妮也進入候選人行列啊……原來如此、原來如此……」

「啊，是蕾妮姊姊！瑟絲卡姊姊也在！」

有老爺爺、老奶奶，還有孩子們。每個人都以熱情的聲音，向我們打招呼。由於出生在魯德貝基亞的人們都離不開這座城市，因此大家都彼此認識。

大家看起來都很幸福。看見那樣的模樣，我的嘴角也不禁微微上揚，洋溢著笑容。接著與我一起同行的瑟絲卡，也向大家點頭問候，並開口說道：

「有這麼開心嗎？明明只是在街上散散步而已。」

「與其說是開心，倒不如說更像是心情上的愉悅吧。今天也是依然如此呢。」

「那倒也是。今天看起來一切都很平靜。」

瑟絲卡淡淡地說道。我對這樣的和平景象感到開心，但是對瑟絲卡來說，或許顯得有些無聊。

對此，我不禁覺得有些空虛。我搖搖頭，重新打起了精神，向她問道：

「既然我們都走到街上了，妳有什麼想去的地方嗎？」

「就先從妳想去的地方到處逛逛吧，最後再去我想去的地方就好。」

「是嗎？話雖如此，但我也沒有什麼特別想去的地方……剛吃飽飯，我也不嘴饞。瑟絲卡，妳想去哪呢？」

「如果是我跟妳一起去的話，也只有那個地方了吧？」

被瑟絲卡這麼一說，我瞬間就意會到，她指的是我們在進入聖域以前曾經一起自主訓練的地方。那裡非常隱密，可以說是一個屬於我們的小型祕密基地。

即便我們在進入了聖域以後，我和她也會到那裡舒壓，兩人一起自主訓練。

「那我們就先去那裡吧！畢竟我也沒有什麼特別想要去的地方。」

「是嗎？」

「嗯……而且今天也沒有訓練課程，我想稍微活動一下筋骨。」

當我這麼說的同時，我們看著彼此，相視而笑。兩人心照不宣地共同朝著同一個方向走去。

我們的祕密基地位於城市與外面世界所阻隔的牆壁內側。由於地點圍繞在城市的懸崖附近，偶爾還會有石子掉落，因此大人總是告誡孩子們不可以靠近那裡。

「……沒想到除了我們以外，似乎也沒有人來過這裡的跡象呢。」

「會來這裡的人，應該就只有我和妳這種異想天開、好奇心旺盛的孩子吧。」

瑟絲卡平淡地說道。隨即，她瞇起了眼睛，流露出一種懷念的神情。

「……不過，我就是在這裡與妳相遇的。」

「是啊……」

真是令人懷念的話題，我回想起與瑟絲卡當初相遇的那一刻。

當初她就是在這裡仰望著遙遠的天際，我們是在五歲時認識彼此，她正打算獨自一人走往城市之外時。我緊追著她的背影，抓住了她的手，把她給帶了回來，這就是我們相遇的契機。

「至今我仍然記憶猶新，彷彿像是昨天發生的事情一般。當時妳突然拉住我的手，讓我有點不爽，結果還哭了呢，搞得好像是我的錯一樣。」

「當時的妳真是太過分了……妳從以前就一直很鐵石心腸啊。」

「話雖如此，妳還是邊哭邊抓住我的手呢。告訴我『千萬別走。』」

瑟絲卡咯咯地笑著不停，如此說道。雖然她在笑，但我的神情卻產生了一絲細微的變化。那時，我拚了命想阻止她往外走。

儘管我們現在稱之為好朋友，但仔細想想，我與她的相遇，真的是非常糟。彼此惡言相向、互相地踩踏，甚至還動手毆打了起來，她還把我給弄哭了。即便如此，我還是沒有退讓。

我那不願服輸的精神，讓瑟絲卡不得不甘拜下風。從那之後，我們的關係才開始有了轉變。正當我沉浸在過去的回憶時，瑟絲卡看向我提出了疑問。

「現在如果我還想出去的話，妳也會依然阻止我嗎？」

「嗯，就算妳跟我說想出去，我也會像那天一樣阻止妳哦。我們已經相處那麼久的時間了，我也能夠明白妳對外面世界的渴望。但妳真的想要瞭解外面的世界，除了成為巫女之外，沒有其他的辦法。」

為了守護城市的安逸，我們不被允許走出城市外面，這是規定。當我詢問大人們原因時，他們就會說「外面的世界充滿了危險」之類的話語。

但是，大人們也從未走出過城市之外。或許他們對不得出去外面世界的原因，未曾深入瞭解。

正因為想瞭解外面的世界，所以也理所當然產生了這樣的想法。然而，若想瞭解外面的世界，就必須成為巫女才行。

但是，她就因為這樣的理由而想成為巫女……我總覺得有些牽強。

所以我才會想阻止瑟絲卡吧。正當我這麼想時，我注意到她露出了很溫柔的表情看著我。

「妳還是一點都沒變呢。愛哭鬼蕾妮。」

「別老是叫我以前的綽號……」

「是嗎？我並不討厭哦。妳之所以是愛哭鬼，並非是為了自己，而是為了他人而哭。明明是我們之間起了爭執，我把妳給弄哭了，妳卻告訴我『因為外面的世界很危險，千萬別考慮走出外面！』，考慮了我的安危，而抓住我的手。」

「啊————！」

我下意識地捂住了耳朵大喊。幹麼把這麼羞恥的事情抖出來啊！雖然她是在誇我，但是被指出這點時，我還是會感到害羞。

「一直保持著良好的一面很不錯啊……我也和那個時候一樣，一直都沒變。」

瑟絲卡默默地仰望天際，嘴裡一邊嘟囔。她的樣子，彷彿隨時都會被捲入空中。

「每天都很幸福，但一成不變。這明明是件好事，但我卻對不變的世界而感到無聊，甚至產生了厭倦。對於這種過於平凡的日常，我並不覺得這有什麼好珍惜的。」

「瑟絲卡。」

「我來到這裡也是為了尋找能夠通往外面世界的道路。只是想確認自己是想走出去，還是對於不變之事而感到痛苦。就在那時，遇見了妳。」

「是啊……」

「我一直和那個時候一樣，一點也沒變。我之所以想成為巫女，是因為想瞭解外面的世界。妳到現在還是認為我是錯的嗎？」

「……嗯。我認為僅僅只是因為想看看外面的世界而成為巫女，這樣的理由是錯的。」

「為什麼？」

「因為守護龍大人的巫女是為了守護這座城市而存在的象徵，妳之所以會感到很無聊，也不足為奇。不過，我還是覺得這是一件非常了不起的事情。」

每天可以享受美味的食物。孩子們可以自由地來回奔跑，大人們則可以安逸地守護著這一切。

夜晚可以在溫暖的房間裡安然入睡。僅僅只是活著，就可以享有這種無憂無慮的一生。

「這座城市被如此龐大的幸福所包圍著。如果那份力量寄託給我的話，我也必須擁有同樣的溫柔之心才行。」

雖然這只是我內心所期望的理想罷了，但這也是我日日夜夜惦記、深深植入我心底的一份夢想。

「……溫柔之心是嗎？」

「嗯，不過我也能夠理解妳的心情。所以我認為妳出於自己的理由成為巫女，就挺好的。」

成為巫女的動機，因人而異。而我對巫女的憧憬，也僅僅只是出自於自己的想法。

但即便如此，我也希望能夠成為守護龍大人的巫女，守護這座城市的人們。因此，我只能不斷地朝著自己的理想邁進。

「我喜歡這座城市，每天都充滿善意，每個人的臉上都洋溢著燦爛的笑容。我想成為守護這一切的人。」

「……我知道。」

當我說出了自己的心願時，瑟絲卡以平穩的聲音回覆。

風，在我們之間拂過。遙遠的天際使得我們的手無法抵達，通往外面世界的道路，被牆壁給封閉。就連前方的景色，也被懸崖所隔絕。

微風吹拂的短暫瞬間，我們一度停止了對談。接著，由瑟絲卡主動開啟了話題。

「雖然我不能認同妳的想法，但是我很喜歡跟妳相處哦。」

「瑟絲卡？」

「與妳一起努力以巫女為目標的這段日子，我真的很開心。」

瑟絲卡面帶笑容。以溫柔的聲音令人想像不到會有此舉動，甚至我能從她的話語之中感受到平日裡鮮少表現出的溫柔。

「這座城市依然讓我感到厭倦，不過與妳一起度過的那段日子我很開心。所以如果妳成為了巫女，搞不好也是一件值得慶幸的好事呢。」

「瑟絲卡……」

「明天，我並不會輸的，也不打算把自己的願望寄託在他人身上。」

瑟絲卡臉上溫柔的笑靨轉變成了戲謔般的微笑。

「不過，妳也不會放棄對吧？」

「……當然！」

我們彼此相視而笑。瑟絲卡說與我一起度過的日子很開心，對我來說，也是如此。

我想，正因為有了瑟絲卡這個目標，我才能思考自己該如何變得更強。

這真的是一件非常難能可貴之事。正因如此，為了實現我的夢想，就得超越瑟絲卡。雖然現階段很困難，但也正因為困難，所以我一直努力不懈。

「那麼，在我們活動筋骨的同時，順便來一場簡易的模擬戰吧。」

「好，就這麼辦！」

我遵從了瑟絲卡提出的建議，準備好來一場兩人之間的模擬戰。

瑟絲卡拿起一根棒子，當作長槍，而我則拿起兩把木劍，當作雙劍。彼此互相確認好自己的武器沒有任何問題後，我們就站在廣場的正中央，相互對峙。

「不要影響到明天的比賽，拿出真本事吧。」

「那當然！」

做為守護龍大人的代理人巫女，以及巫女候選人，就必須掌握守護龍大人的力量。這是成為守護龍大人的巫女所必須具備的必要條件。

當我們獲得了守護龍大人力量的靈氣之時，便能使身體進一步得以強化，或是將靈氣纏繞在武器上，讓攻擊力和防禦力得到提升等增幅效果。

因此，所有的巫女候選人，每天都會透過日常訓練，以提升自己靈氣的質量，磨練出靈氣的操作技巧，彼此不斷地互相切磋。

然而，在靈氣的使用方式中，存在著幾種「形態」。

透過將靈氣尖銳化，將目標斬裂，稱之為「爪之形態」。

透過提升靈氣本身的質量，增強防禦力，稱之為「鱗之形態」。

透過釋放的靈氣，爆發出具有卓越穿透力的一擊，稱之為「牙之形態」。

這三種形態是每個人都能夠掌握的基本形態，而其中有些人甚至可以將靈氣轉變成自然現象。不過，這種「變化形態」是非常難以掌握的，能夠熟練駕馭這種形態的人，根本屈指可數。

每個人都有自己擅長的形態，因此，會根據自己擅長的形態而擴展專精。然後根據形態來選擇適當的武器，培養出屬於自己的戰鬥方式。

「開始吧。」

模擬戰在瑟絲卡的一聲令下展開。她向前踏出了一步，朝我伸出了槍。雖然槍本身的射程距離還不足以攻擊到我，但是瑟絲卡以靈氣纏繞著槍身，使「它」看起來搖晃不已。

我將身體前傾，飛奔了出去。接著，長槍一擊刺向了剛才我所站的地方，地面被劃了開來，塵土飛揚。

（果然還是那令人為之著迷又討厭的『牙』啊！）

這就是瑟絲卡所擅長的「牙」。瑟絲卡在「牙之形態」的運用上，堪稱是無人能及的好手。

就像在告訴我「不要靠近」一般，瑟絲卡用槍不斷地擾亂刺擊，無數個「牙」接二連三地向我襲來。雖然與最初的一擊相比，威力明顯下降了不少，但現在的問題是攻擊的數量太多，我根本就無從應對。

「不過只是這種程度的攻擊……！」

相對地，我無視了那些不會造成致命傷的「牙」之攻擊。

雖然「牙」向我直接襲來，不過卻被我所包覆的靈氣阻擋，逐漸消散。

那是我所擅長的「鱗之形態」，不但堅硬且很有厚度。因此，能夠防禦住瑟絲卡用於牽制的「牙」。

「果然還是如此堅硬啊。那麼，這樣如何？」

我一邊揮舞著雙劍，試圖向她貼近，縮短距離。但是瑟絲卡的槍宛如蛇般靈活，描繪出複雜的軌跡，向我襲來。

「嘖，危險……！」

我竭盡全力去應對有如流水般的攻擊。瑟絲卡不僅在「牙」的精準度上表現出色，在武藝上更是天才。所以就算我想方設法讓她不要使出「牙」，我也從未因此而戰勝過她。

就算瑟絲卡的「牙」輕易地刺穿了我的「鱗」，我還是拚命地緊咬不放。一旦讓瑟絲卡發動「牙」的必殺技，我根本就沒有任何的勝算。我可不想承受她的「牙」之攻擊。

當我試圖貼近她時，瑟絲卡與我保持著一定的距離，並打算釋出「牙」。為了不讓瑟絲卡有發動「牙」的機會，我決定不斷地猛攻。

「有機可乘！」

「唔！」

宛如縫補一般，她找到了我的破綻，精準的一擊刺向了我的腹部，我腳步踉蹌地向後退了幾步。

與此同時，瑟絲卡也急忙地躲開，一邊擺出發動「牙」的攻擊姿勢。

我就這麼被她打亂了陣腳，身體失去了平衡，全力採取防禦姿勢。下一個瞬間，伴隨著爆裂般的聲響，瑟絲卡的「牙」也在同時釋出。

面對壓倒性的暴力，我使出渾身解數的防禦被她輕易地攻破，但我還是成功防禦住她的攻擊，迅速在空中調整了姿勢，然後再次衝向瑟絲卡，發動突襲。

「死不認輸！妳的堅固是沒用的……！」

「但那是我唯一的可取之處！」

我只能得意地說「鱗之型態」是我唯一的長處，「爪」還算能與人並列，至於「牙」一直都是我難以掌握的型態。

但是這樣的長處我也無法引以為傲。之所以會這麼說，是因為「鱗之型態」在面對其他型態時，很難占有絕對優勢。

無論是「爪」還是「牙」，只要在這上面專精的話，任何人都能夠輕易地突破我的「鱗」。

即使將「鱗」鍛鍊到足以防禦「爪」和「牙」的攻擊程度，也無法使出決定性的一擊。所以沒有人會去試圖專精「鱗之型態」。他們會覺得「就算專精『鱗』，又沒辦法給人致命的一擊」。

因此，我在候選人之中被視為異端。如果不是像瑟絲卡那樣程度的「牙」，一般的攻擊，我都能夠防禦得住。只要不是像她一樣的對手，我都能夠憑藉著強化「鱗之型態」的硬度，消耗對手的靈氣，贏得勝利。

所以在面對瑟絲卡的「牙」，我的「鱗」也會被她輕易地攻破，她真的是太有實力了。

但這並非是我放棄的理由。如果「鱗」本身無法給予決定性的一擊，那麼我只好磨練出其他的招式。

所以我也很努力地在武藝上鍛鍊本領。不過，瑟絲卡在那方面的才能遠勝於我。即便我們沒有使用靈氣決鬥，我也從未與她交戰中贏過。

一直以來，我不斷地追逐著她的身影，曾多次意識到自己根本無法觸及。放棄的聲音，也總是在我耳邊低聲響起。即便如此，我仍不打算放棄。我知道，自己也非常地努力。

我也能夠明白瑟絲卡的實力不僅僅只是來自才能，她也是一直在努力著。努力不懈的不僅僅只有我一人。每個人都各自懷抱著希望不斷地磨練。那麼，我也不能夠繼續停滯不前，怠惰偷懶。

為了實現夢想，我必須使出全力，如果還不夠的話，就更應該要全力以赴，不斷地向前邁進，不惜一切代價用盡全力地，也要追趕上才行。

接著，我全力奔跑，試圖追趕上瑟絲卡——長槍突然對準了我的脖子。

啊，今天又依然沒勾著。全身的汗水不斷地冒出，逐漸滴下。瑟絲卡雖然臉不紅氣不喘，但表情似乎顯得有些疲憊。

「……啊，又輸了啊。」

我倒在地上。持續全身用力的身體，使我感到疲憊不堪，甚至連動一下手指，我也使不上力。

瑟絲卡在我旁邊坐了下來，雖然她沒有像我這般疲憊不堪，但她也是在擦拭著額頭上冒出的汗水。然後，將目光投向了我。

「蕾妮，妳辛苦了。」

「妳也辛苦了，瑟絲卡。」

「如何？有勝算嗎？」

瑟絲卡面帶微笑，以戲謔般的口吻向我問道。

看著那副表情，稍微讓我心生傾慕。因為平常她總是習慣擺出一副百無聊賴的表情，但此時此刻，她在我面前展現了真實的樣貌。

「……當然，我是帶著勝利的打算，迎接挑戰。」

「但妳今天並沒有發揮出全力吧？」

「妳也一樣吧？」

「還沒有到我發揮出全力的時候。」

「哇，這說法好討人厭啊！」

聽到她這般充滿自信的話語，我不禁噘起了嘴脣。雖然她有實力說出這種話，但我卻感到非常受挫。

當我鼓起臉頰向瑟絲卡表達我的不滿時，她很開心咯咯地笑了。起初我還以為她是在取笑我的表情很有趣而感到詫異時，但她隨後所說的話，讓我瞬間明白，並非是我想的那樣。

「呵呵……吶，蕾妮，我可以有所期待嗎？」

「期待什麼？」

「明天，妳會將我全部的未知力量給逼出來，對吧？」

那是一種孩子迫不及待等著禮物一般，幼稚且純真的舉動。

平時的瑟絲卡總是事不關己、對周圍的事物也是拿出一副毫無興趣的態度。此時的她居然表現出了這樣的態度，真是令人吃驚。

從她身上感受著期待的同時，我的全身都起了雞皮疙瘩。確實，我在不斷地測試瑟絲卡的實力，今天也沒有發揮出全力，甚至對她有所隱瞞。

至於那些招式是否對她有用，我就不知道了。這就是瑟絲卡的強大之處。即便如此，我仍然會告訴自己要打起精神。

「妳就好好期待吧，我會讓妳不再感到無聊的。」

「啊，真是讓我——那可真是太有趣了，我可是非常期待呢。」

瑟絲卡帶著溫柔的笑意，猶如祈禱般地低聲呢喃。我邊凝視著她的側臉，重新燃起了新的想法。我將傾注迄今為止所積累的一切力量來打倒她，讓她刮目相看。

想必這是我能為瑟絲卡所做的事情。

第二章　巫女選拔儀式

守護龍大人的巫女更迭，並不存在著固定的週期。

因為擔任這個職務的是人，所以理所當然會有個體之間的差異。因此一旦迎來巫女更迭的時刻，選拔儀式就會變成如祭典一般的節慶。

在選拔儀式之中，下一任巫女的最終選拔賽，由最後剩下的四名候選人以淘汰賽的形式互相競爭。

「背負起這座城市未來的年輕人啊，做為城市未來的思想家們啊，請妳們接受守護龍大人的引導祈福，並展示出迄今為止妳們努力一切的成果。」

宣布最終選拔儀式開始的是擔任城市政務的市長。平時的練習場上觀眾紛紛前來造訪，一同見證下一任巫女的誕生。

明明是這麼熟悉的地方，我卻感受到了前所未有的緊張氣氛，使得我繃緊了神經。我一邊握拳，試圖掩蓋住緊張感。

「現在，我們將決定最終選拔的分組。候選人請依照順序前來抽籤。」

依照市長所喊出的名字排序，抽取出準備好的籤。這支籤，將決定我最一開始的對手是誰。我打開了籤紙，確認了裡面的內容，上面寫著竟是——！

「真是糟糕，我的對手是蕾妮嗎？」

「琉月。」

以非常輕盈帶有拖拉般的口吻向我搭話的，是有著銀白色頭髮的少女。她給人的感覺與她的說話方式一樣，散發出一種輕飄飄、悠然自得的氣息，而她的表情也表露出了這一個特點。

她正是琉月・艾爾加登，同時也是巫女候選人之一。是剛才和我們打招呼的市長之女，也就是所謂的大小姐。

「呵呵呵，還請妳手下留情吧。」

「哈哈……」

琉月一點也不緊張的樣子，依然露出那一如既往、令我猜不透在想什麼的燦爛笑容。我只能苦笑一番，回應著她。

我和琉月僅僅只有打過招呼、輕聲對話的交情，實際上，我和她交情淺薄，根本就不知道她是怎樣的一個人。她與任何人都相處融洽，不過似乎沒有聽說過她有什麼特別好的朋友。

正當我這麼一想時，市長向我們大聲呼喊。

「對手已經確定。那麼，就由蕾妮和琉月的比賽率先開始。」

在市長說出這句宣言之時，我感覺他的目光向琉月一瞥，不過琉月並不以為意。

接著，瑟絲卡從臺上走了下來，向我們搭話。

「蕾妮、琉月。」

「呦，妳居然會和我主動說話，還真是難得。」

「僅限今天而已。妳們二位都要加油哦。」

「……嗯。」

我試圖紓解緊張感，緩緩地吐出一口氣。然而，緊張感怎麼也無法抹去。

今天將會決定一切。我的努力到底能夠取得多少的成果？這種不安感使得我忐忑不安。

就在此時，瑟絲卡將手搭在了我的肩上，接著靠近我的臉，輕聲說道：

「約定好了。」瑟絲卡的一句話，讓我的緊張感立刻就煙消雲散。

我向瑟絲卡投以一個無畏的笑容，瑟絲卡帶著燦爛的笑容，漸漸離去。

留在演習場上的只剩下我和琉月，以及裁判。裁判請我們就位之後，我們彼此站在各自的位置上，互相行禮。

行禮完畢之後，我拔出了腰間的雙劍，擺出戰鬥的姿態。而琉月的武器則是鐵扇，她的雙手緊握住鐵扇，像是大大地展開羽翼一般，也做好了準備。

「現在，將開始最終選拔的第一戰。雙方，準備好——開始！」

隨著市長的一聲令下，琉月也開始行動了起來。

她輕輕地往後退，張開了鐵扇，如舞步般輕盈地踏著步伐——像鳥兒般地展翅飛翔，伴隨著舞步，鐵扇上也燃起了火焰。

琉月是少數擅長操控靈氣變化的巫女候選人，她擅長使用火焰遠距離攻擊。

燃燒的火焰從鐵扇上脫離，化為火球向我襲來。

我跳躍迴避，火球正好直擊我原本所站的位置。然後，火球像是爆裂般地火光四散，讓我不禁倒抽了一口氣。

「蕾妮，勸妳早點投降會比較好哦？我還可以治療妳的輕傷。」

「不愧是最擅長靈氣施放與遠距離操控的琉月呢，還是那麼地令人嘆為觀止。」

「這只是雕蟲小技。」

「我可是知道妳的厲害哦。」

雖然琉月說這只是雕蟲小技，但在模擬戰中，我已經多次體會到她的厲害之處。

「即便如此，今天我並不打算輸。」

「……妳可真是耀眼啊。」

琉月瞇起眼睛，嘴角微微地上揚，隨後又重新展開了她的舞蹈。

靈氣就在這時轉化成火焰，自由地改變了形狀。接著，化為一隻巨大的火焰鳥，並朝我直衝而來。

我低下身，像是滾動一般從火焰鳥的進攻軌道上回避了攻擊。但是，琉月所施放的火焰鳥開始在空中盤旋，重新鎖定目標，向我飛來。

我無視火焰鳥，試圖奔向琉月。不過，她一邊踩踏著輕盈的步伐，一邊與我保持距離。在操控火焰鳥的同時，向我施放一粒粒小小的火球，來阻止我的貼近。

這就是琉月的戰鬥方式。就美感而言，她可謂是在所有的巫女候選人之中最華麗的一位。

坦白說，我一直很嚮往她這種戰鬥方式。每次模擬戰，我都會想著，如果我也能夠像她一樣掌握好靈氣的控量，那該有多好。

「啊，還真是——既羨慕又華麗啊。」

我一直渴望能夠近距離觀賞她的戰鬥方式，直到我的體力耗盡。

不過，這場最終選拔戰，我是絕對不能輸的。我將對琉月的憧憬隱藏起來，重

新握緊了雙劍。

火焰鳥從我的後方逼近，我使勁全力，轉動雙劍，將火焰鳥斬成兩半。

雖然火花觸碰到我的肌膚，但我完全不在意，因為全身包裹的靈氣，使得火焰不會直接觸碰到我的身體。

「真是出色。不愧是被譽為專精『鱗』的蕾妮，真是無人能及。」

「多謝誇獎！」

「不過，妳打算如何戰勝我？」

琉月面帶微笑，隨即揮舞鐵扇。剛剛才被我斬裂的火焰鳥，又開始分裂出兩隻同樣大小的火焰鳥。

這兩隻火焰鳥被琉月的舞蹈操控，並朝我襲來。

「該如何才能戰勝妳……我一直在深思呢！」

正如琉月所說，「鱗」一直以來都被認為只是增強防禦力，缺乏決定性的攻擊。

因此，我一直在思考，我擅長的「鱗之形態」，是否有優於其他形態的地方？

比方說，如果專精「爪之形態」，就能夠將靈氣尖銳化。

比方說，如果專精「牙之形態」，則能夠增加靈氣的穿透力以及破壞力。

那麼，如果專精「鱗之形態」，又會達到什麼樣的效果？

當提升「鱗之形態」的精確度時，就能夠提升靈氣本身的質量，更能夠掌握好靈氣的控量。

在注意到這一點以後，我就一直持續觀察別人是如何使用靈氣。一心一意地觀察、牢記起來、並且實踐。我一直不斷地鑽研靈氣的控量……

最終，我得到了答案。那就是其他形態無法做到，只有「鱗之形態」才能夠實現的事情。然後，我終於掌握了可以稱之為絕招的必殺技！

「琉月，我要上囉！這就是……我的必殺技！」

呼喊的同時，我開始改變身上所包覆的靈氣。

奔馳而來的力量，使得我全身嘎嘎作響，力量也隨之湧現。

伴隨著踩踏地面的觸感，我一口氣加速前進。以迅雷不及掩耳之勢，將向我逼近的火焰鳥遠遠拋在身後，並迅速奔向琉月。

琉月臉上的笑容漸漸褪去，眉頭緊蹙，準備迎戰。

「嘶，這、這是！」

另一方面，因為我誤算了距離，結果像是朝她飛踢的方式，直衝過去。

琉月趕緊舉起了鐵扇，擋下了我的飛踢，但是由於踢擊的力道，使得她的雙腳離開了地面，整個人向後飛去。

「嘶……！這就是將『鱗』的靈氣轉化為身體強化的力量嗎……？不對，看起來不像是很單純的招式。」

「妳覺得呢？」

正如琉月所說，這並不是很單純強化身體的招式，而是將「鱗」的靈氣更細緻轉化，包覆著全身，就像是漸漸改變外部的肌肉一般，支撐著全身的動作。

既是堅硬的保護硬殼，又如同肌肉一般可以收縮及膨脹，使得自己的力量倍增。這樣強化之後的身體能力效果，就如大家所見。

我一邊控制著包覆在全身的「鱗」，成功地避開了琉月所施放的火球，然後貼近她。

迫近的火焰鳥，也因為「鱗」身上的靈氣，使「它們」不敢貿然靠近我，開始對我迴避。而我順勢將靈氣纏繞在雙劍上，將「它們」砍碎。

「這速度，簡直像是人形小龍……！」

琉月的眉頭仍舊緊蹙，揮舞著鐵扇，放出火球，來牽制我的行動。然而，這些火球卻在我面前毫無作用，被我一一消滅。

儘管仍缺少了決定性的一擊，但是我不再受琉月攻擊的影響，控制著比賽的局勢，不斷地削弱對手的靈氣。這就是屬於我的戰鬥方式。

「那麼，這樣又如何……！」

琉月大幅度地揮舞著鐵扇，描繪出一股巨大的漩渦。火焰呼嘯，轉變成了火焰漩渦。那一股火焰漩渦又更進一步地纏繞著火焰，化身為一條火焰巨蛇。

那一條足以吞噬人類的火焰巨蛇，開口要把我吞噬。我停下了腳步，重新擺好了姿態，準備迎戰。

「琉月，我要上囉！」

火焰巨蛇將我吞了進去。我屏住呼吸，在火焰呼嘯中，揮舞著雙劍。就像從內部撕裂一般，火焰巨蛇也開始逐漸消散。就這樣，我繼續接近著琉月。

「琉月——！」

「怎、怎麼可能……！這太荒唐了……！」

琉月相當錯愕，試圖以鐵扇做為盾牌。在一瞬間的交鋒之中，勝負已成定局。

我將劍對準了琉月的脖子，畫面呈現了靜止的狀態。琉月流下一絲汗水，深深地喘口氣，並露出了一如既往的微笑。

「……我投降，徹底地輸了。」

「——獲勝者，是蕾妮！」

伴隨著琉月的投降宣言，裁判也宣布了我的勝利。觀眾席上所傳來的聲響，使我無法區別究竟是歡呼笑語，還是悲鳴巨響。巨大的聲響，響徹四方，我不禁捂住了耳朵。

「哎呀，這可真是不得了啊。呵呵，原來蕾妮之前一直在模擬戰中輸的原因，是為了更熟練『鱗之形態』啊。表現實在太出色了。」

「謝謝妳。琉月的火焰也是……一如既往的華麗呢。」

「……是的，謝謝您的稱讚。那麼，接下來的比賽，還請您繼續加油。」

琉月帶著燦爛的微笑，將鐵扇摺了起來，比我早一步離開了練習場。

為了不妨礙比賽，我也緊隨其後，離開了這裡。

＊　＊　＊

（接下來是瑟絲卡的比賽嗎？……既然我的對手是琉月，那麼，瑟絲卡的對手就是……）

我從演習場移動到觀賽席上，等待著瑟絲卡的比賽開始。

做為巫女候選人，在這四人之中，有我、瑟絲卡、琉月，還有最後一人。

那就是喬瑟特·法露娜。一頭深紅色的頭髮綁在側邊，翠綠的瞳孔銳利地環顧四周。

儘管我們從小就認識，但我對她這個人還是不太瞭解。因為她一本正經又嚴厲的個性，講話總是尖酸刻薄，提醒人注意這個，注意那個……

（喬瑟特會這麼嚴厲也是無可厚非。畢竟——她背負著家族的期望。）

她是曾經長期擔任巫女名門望族的繼承人，因此，她被寄予了相當大的期望。再度成為巫女，重拾巫女一職，似乎是她家族的夙願，所以她比任何人都還要更加認真地專注訓練，並且擁有與之相稱的實力。

或許是來自她的氣勢，空氣中飄散著一種令人畏懼的氛圍。而面對這樣的喬瑟特，瑟絲卡則是擺出了迎戰的準備。

「……妳還是一副從容不迫的樣子呢，瑟絲卡。」

「妳也是，還是和以前一樣……不對，妳好像比平時更加緊張呢。」

「那當然，妳以為今天是什麼日子？」

「那倒也是。」

「……即使是今天這樣的日子，妳也依舊是擺出那樣的態度啊。」

喬瑟特不安地向瑟絲卡說道。面對喬瑟特那樣的態度，瑟絲卡只是輕輕地聳聳肩。

我和喬瑟特之間的關係也說不上是太好，而瑟絲卡則是和她處得更糟糕。瑟絲卡天賦異稟，不太會注意到他人的感受，我認為這就是和喬瑟特起爭執的問題所在。

「並沒有，只是和平常一樣罷了。」

「妳說什麼？」

「說實話，成為巫女的話，我覺得妳會是最合適的人選。但是，對不起。」

「……究竟是在道什麼歉？」

「因為今天我有不能輸的理由。所以，就算是妳，我也不能夠讓步。」

話音剛落，瑟絲卡的氣勢一口氣變得銳利。這種變化使得喬瑟特的表情也在一下子變得嚴厲起來。

瑟絲卡凡事都會以冷靜的態度面對一切，從未給人有過認真的感覺。不過此時此刻，她釋放出了一股令人不寒而慄的氣息。

「今天，我是認真的，喬瑟特。」

「……是嗎？那就好。」

在雙方情緒高漲的緊張氛圍之中，裁判向兩人喊話。她們各自站在自己的位置，互相行禮。

等待比賽開始的時間相當漫長，氣氛凝重到彷彿時間凝滯了。在如此沉重的氛

圍中，我屏住了呼吸，裁判高聲宣布比賽開始。

隨著裁判宣布的同時，喬瑟特也率先展開了行動。她手持直劍朝著瑟絲卡飛衝了過去。

她的武器是一把劍，用靈氣所纏繞的「爪之型態」。喬瑟特擅長劍的運用，並精通其巫女望族傳承下來的劍術。

實際上，她也是一個非常認真努力的實踐家。正是因為她精通傳承已久的劍術，因此在任何情況下都能夠靈活應對狀況，這就是她的優勢。

「唔……！」

然而，就連那樣的喬瑟特，也絲毫不是瑟絲卡的對手。

喬瑟特試圖在瑟絲卡發動「牙」之前，飛身貼近她的身邊。如果是在平時的訓練，雙方通常都會長時間僵持不下。

不過，今天的瑟絲卡動作靈活度有些不同。並非是喬瑟特的狀態不好，相反地，她的氣勢比平時更加強烈。

瑟絲卡強行擊落了喬瑟特的劍。只要稍有鬆懈，劍似乎就會被擊飛，不過喬瑟特仍以痛苦的表情繼續強忍著。

「喬瑟特，妳很強。但是今天我是絕對不會讓步的。因為我一直期待著這一天的到來。」

「唔……！」

震耳欲聾般的碰撞聲響，響徹四方。碰撞聲的來源正是瑟絲卡與喬瑟特的靈氣發生衝突所產生的，爆炸聲迴蕩在整個練習場中。

喬瑟特只能不斷地採取防守。這樣緊咬不放的喬瑟特，真的是太厲害了。瑟絲卡可謂武藝方面的天才，不過喬瑟特的劍術也毫不遜色。

實際上，在之前的模擬戰中，彼此之間的對決也是花了好長一段時間才分出勝負。能夠與瑟絲卡長時間抗衡的人，只有我或是喬瑟特。

戰況陷入膠著的狀態，喬瑟特緊咬瑟絲卡不放。但是瑟絲卡看準了喬瑟特的一絲破綻，發動「牙」，使出了致命的一擊。

雖然沒有直接命中，但是喬瑟特還是被餘波彈飛。瑟絲卡趁著這個機會，將彼此的距離拉開，蓄勢待發，準備釋出「牙」。

「喬瑟特，我要上囉！」

「呿，來吧！」

從那之後，局勢就是一面倒的狀態。瑟絲卡的長槍以迅雷不及掩耳的速度，刺向喬瑟特。「牙」也搭配著刺擊的同時襲向了她。

喬瑟特以毫釐之差的距離，巧妙地用劍擋住了瑟絲卡的攻擊。土地被劃開，塵土飛揚，她正試圖站穩腳步。

「唔……！」

喬瑟特的臉部表情因為痛苦而開始扭曲起來，緊握劍的手，也在微微地顫抖著。即便擋住了「牙」，她也依然受到了衝擊。

瑟絲卡釋出的「牙」，效果就是如此駭人，僅僅只是被她連續發動著「牙」攻擊，就足以讓對方銳氣受挫。

「哈啊！」

「妳太天真了。」

為了不讓瑟絲卡單方面發動攻擊，喬瑟特開始嘗試轉守為攻，展開了猛烈的攻擊。一面迴避的同時，一面向瑟絲卡猛攻。然而，連這一點攻擊，都被瑟絲卡輕易地閃躲。

無論喬瑟特找出如何的破綻，瑟絲卡總是能夠精確地突破，保持一定的距離。緊接著，她就遭受到瑟絲卡一連串「牙」的攻擊。

雖然喬瑟特也有用「爪」來對抗，但很明顯瑟絲卡的「牙」正不斷地削弱她的靈氣。

這也是瑟絲卡被認定為最強的原因，她精通「牙」，擁有值得誇耀的壓倒性攻擊，即便有人想試圖阻止那些「牙」的攻擊，她也會憑藉著天才般的感知及靈巧的武藝，讓人無法阻止。這些「牙」的攻擊，就像是瑟絲卡的「大本營」一般，想要突破，簡直是困難至極。

「嘖……妳！」

「——抱歉了，喬瑟特，我要結束這一切。」

被硬推了出去的喬瑟特，一邊重複犯著相同的錯，一邊退到了後方，拉開距離。而此時的瑟絲卡，像是在等待這一瞬間的到來，用槍擺出了攻擊的姿勢。

看到這一幕，喬瑟特面露難色。那正是瑟絲卡的必殺技，任何防禦都無法抵擋住的一擊，宛如爆炸一般的轟鳴聲，「牙」也被釋放了出來。

下一個瞬間，喬瑟特的劍在空中飛舞，然後刺入了地面。

緊接著，喬瑟特倒在了地上。周圍陷入了一片沉默，瑟絲卡解除了戰鬥的狀態，並走向她的身邊。

雖然喬瑟特瞪視著她，但還是深深地嘆了一口氣，閉上了雙眼。

「我認輸了，徹底輸了。」

「嗯，我贏了，起來吧。」

喬瑟特接過瑟絲卡伸出的手，然後站起身來。這時，裁判終於回過神來，宣布了瑟絲卡的勝利。觀眾也隨著裁判的宣言，發出了巨大的歡呼聲響。

瑟絲卡贏得了這場比賽。接下來，等待的是妳我之間的戰鬥。正當我帶著這樣的想法看向她的同時，她的目光也朝我一瞥。

僅僅只是這樣對著我笑，心卻感覺被她俘虜了一般。

啊，終於要迎來這一刻，我切身感受著這樣的真實，無法抑制住心中的雀躍，不禁嘴角微微地上揚。

＊　＊　＊

由於我和瑟絲卡都沒有受到很大的傷害，因此我們決定在休息片刻之後，就進入最後的這場決戰。雖然有時間讓身體休息，但這段時間也是轉眼即逝。這段期間，我一直思考著瑟絲卡的事情。

坦白說，如果是用一般的戰鬥方法，我根本就不是瑟絲卡的對手。我無法抵擋住瑟絲卡所發動的「牙」，「鱗」只會被她貫穿，完全沒有任何的意義。

話雖如此，即便我嘗試挑戰近身戰，不讓瑟絲卡發出「牙」的連續攻擊，以她天才般的槍術本領，我也根本毫無勝算，甚至有可能像喬瑟特一樣，重蹈覆轍。

就相性而言，我和瑟絲卡是相剋的。她的劍術甚至能夠壓倒劍術超群的喬瑟特。就算對手是琉月，如果瑟絲卡在她發揮全力前，先發制人的話，或許也會使不出必殺技來。

反覆思考後，我意識到瑟絲卡的實力真的是太厲害了。她真的是太強了，強得如此過分。

（但是，正因為她的實力如此強大，所以才會對其他人毫無興趣……）

也因為這樣，瑟絲卡才會對一成不變的世界而感到無聊，所以她想去瞭解外面的世界。

之所以會有那麼強烈的想法，是因為我一直和她待在一起，所以我能夠明白這點。但是我不禁對瑟絲卡那種生活方式感到忐忑不安。

她的生活方式是否存在更好的選擇？我總是不禁這樣想，不僅是瑟絲卡，當我看見人們發生爭吵時，我也會抱持著同樣的想法。

或許我能夠為他們做些什麼，一旦這樣想，我就會不由自主地採取行動。或許是因為我的個性就是無法對眼前的糾紛和不合理視若無睹吧……

（所以我想成為巫女，成為巫女的話，我應該可以成為更多人的力量。）

這樣的話，不只是針對瑟絲卡，我也能夠成為這座城市裡所有居民的力量來源。
或許瑟絲卡不希望我這麼愛多管閒事，但是我想盡一份力，做自己能力所及的事情。希望大家都能感到幸福，臉上展露笑容。
在此之前，我希望能夠讓最好的摯友——瑟絲卡展露笑容。
（無論如何，我都一定要實現這個願望。）
我抬起頭，最後一場比賽的時間即將到來。
我輕拍了一下臉頰，然後朝著演習場走去。進入演習場，瑟絲卡已經在那裡等待，她注視著我，而我也望著她。
「時間到了。現在是巫女候選人的最終選拔戰——可以準備開始了。」
聽到裁判的聲音如此說著，但是我的心思根本就不在這裡。瑟絲卡就在我眼前，在決定我夢想是否能夠實現的舞臺上，我們互相凝視著彼此。
（——究竟為什麼呢？過去的回憶，會突然浮現在腦海中。）
在過去的日子裡，我未曾戰勝過她。即便如此，我也依然無法放棄，每天都在勤奮地追逐著她的腳步。
一開始，我只是阻止瑟絲卡走出城市之外。
從那之後，我們就一直待在一起。無論是一起成為巫女的訓練、用餐，還是外出上街，都是如此。即便瑟絲卡似乎對他人不感興趣，但在和我一起行動的時候，她會捉弄我，展現出喜歡惡作劇的一面。

她有時很可靠，有時也很令人討厭，有時又會非常嚴厲地告誡我。

對我來說，瑟絲卡是一個很特別的存在，我打從心底是這麼認為，同時也是我最大的目標。因此，可以在我渴望的舞臺上與如此特別之人互相對視，這樣的瞬間，我不禁雀躍不已。

「雙方，請行禮！」

在裁判的催促下，我們擺出了行禮的姿態。然後揮別了一幕幕湧現的回憶，做好戰鬥的準備。

瑟絲卡同時架好了槍。到了這一步，彼此之間不再需要多說什麼。

「——比賽，開始！」

隨著裁判的一聲令下，我往地面一踩，將「鱗」包覆全身。

瑟絲卡也擺出了準備發動「牙」的架勢。不能夠掉以輕心，也沒有觀望的餘地。

她同樣也是從一開始就打算全力以赴——！

「瑟絲卡——！」

「蕾妮——！」

簡直像是在等待著這一刻的到來，瑟絲卡的「牙」全力向我逼近。

爆裂聲響徹四方，土煙升騰。我似乎聽到了觀眾席上所傳來的失望之聲。可能他們覺得連喬瑟特都會被擊垮的一擊，對於不擅長武技的我來說，就算一眨眼被擊倒，也是無可厚非。

——不過，我早已站在瑟絲卡的身後。

我揮舞著雙劍，一鼓作氣地往下劈，但是瑟絲卡卻回轉槍柄，從背後接住了攻擊。

我意識到攻擊被抵擋了之後，連忙推開，與她拉開距離。

從觀眾席上傳來一陣轟動。我不禁露出了笑容。面對這樣的我，瑟絲卡舉起了槍，對著我發問。

「那是妳的絕招嗎？」

「是的，這就是我為了超越妳而一直磨練出來的絕招——！」

「鱗」是擅長防禦的形態。我不斷地磨練「鱗」的靈氣控量，在維持防禦力的同時，掌握了提升身體能力的方法。

然而，無論防禦力提升多少，我都不可能阻擋得住瑟絲卡的「牙」。

那麼，該怎麼做才好？我一直在思考著這個問題。

接著，我得出了結論。

——如果防禦力沒有意義，那就將其捨棄。

「鱗」的力量不是為了「防禦」，而是改變力量，這是為了「提升身體的能力」而存在的招式。

這招只要靈氣控量稍有不慎，可能就會導致自我毀滅，其實是一把雙刀刃。將所有的靈氣集中在「鱗」上，把做為鎧甲防禦的力量轉變成加速。我把這個絕招取了名稱。

——那就是「逆鱗形態」。

「要上囉！瑟絲卡——！」

我竭盡全力地嘶吼。身體在眨眼之間嘎吱作響，痛楚愈加。肌肉彷彿要被千刀萬剮，甚至連骨頭也可能會因此而斷裂。

即便如此，我也不會停下。只是一心向前，不斷向前，持續地加速！

我揮舞著雙劍，這樣的姿態宛如一場風暴。原本觀眾席上傳來的嘻笑喧譁，此時此刻已然變成了歡呼雀躍。

「——唔！」

瑟絲卡正處於防守狀態，無法釋放出她所擅長的「牙」，只能勉強地抵擋住我源源不斷的猛烈攻勢。

即便如此，瑟絲卡依然試圖放出少許的「牙」狙擊。然而，我命中槍尖，彈開了她的攻擊，給予她當頭棒喝。

「不錯嘛，不過，我不會這麼輕易地讓妳為所欲為！」

瑟絲卡將靈氣纏繞在槍上，將我的雙劍彈開。那不再是「牙」，而是化作尖銳的「爪」，纏繞在槍的周圍。

她毫不猶豫地將長槍刺向了我身體搖搖欲墜的部分，僅有一紙之隔，我勉勉強強躲開了攻擊。但槍在掠過的時候，擦傷了手臂，削去了我一部分的靈氣。

「嘖！」

瑟絲卡咂舌，退後了一步。為了加速，「鱗」是不可或缺的存在，我立即從體內提取靈氣，重新回復手臂損傷的部分。

瑟絲卡擅長「牙」，但並不代表不會使用「爪」。而我在處於「逆鱗形態」的情況下，幾乎可說是沒有任何的防禦力，只是個活靶子。即便只是輕微的擦傷，也會消耗我的靈氣總量。

在與瑟絲卡交鋒的情況下，連輕微的擦傷也是絕不允許的。

那根本就不可能，我果然還是做不到。

果然，我還是無法達到那樣子的境界。

我要把心中全都湧上的喪氣之聲，全都壓下去。

都到了這一步，我怎麼可以說出這種氣餒的話！

「瑟絲卡——！」

現在是我唯一有可能戰勝瑟絲卡的機會。

我只能把一切都賭在這個可能性。

為了實現夢想，我就必須超越瑟絲卡才行。

我努力奔跑，揮舞雙臂。跳躍，躲開攻擊，遭到反擊。我重新回復損傷，靈氣再度被她削弱。

「不夠，還不夠，還要再更多一點啊！」

速度不夠快的話，那就將「鱗」的形狀變得更加鋒利，將身體包覆住，直到能夠將風劈開的程度啊——！

為了讓意識變得更加清晰，痛楚化成了一種劇藥。我無視全身的痛楚，及大腦所發出來的警告。現在的我只想要比風更快，比聲音更快，甚至比一切都還要更快。

全心全意傾注的一切，只為了追求速度的最大化。

即便如此，瑟絲卡還是緊緊追了上來。與我不同的是，她只是單純使用了普通的身體強化。這傢伙，實力可真是誇張！

「──哈哈，哈哈哈啊！」

於是，瑟絲卡開始放聲大笑。她在應對我加速的同時，似乎打從心裡很享受著這一切。

她擊退我揮舞的雙劍，儘管如此，我仍然無法完全抵擋住衝擊，一直往後退，她依舊笑個不停。

「──啊，為了這一天，我一直在等待著這一刻呢，蕾妮──！」

瑟絲卡按捺不住情緒，大聲地對我呼喊著。在感受到威脅的情況下，我傾斜著頭部，躲開了瑟絲卡所發出來的「牙」。雖然威力不大，但很有可能會削弱我所包覆住的「鱗」，這樣的攻擊，不禁讓我直冒冷汗啊！

「追趕上我吧！超越我吧！如果妳真的想實現夢想，就繼續地取悅我啊！展現出妳的真本事！讓我更加著迷！讓我感受到的無聊，灰飛煙滅吧！看著我！……試圖抓緊我！」

聽見了瑟絲卡打從心底所傳來的吶喊。這是我第一次看見她如此表露的情感。這樣的吶喊聲，也帶給我更多的力量。

我的嘴角不禁淺淺地上揚。啊，她可真是讓人受不了啊！

一直以來，想要追趕上的人，正在等我。

她一心期望著我能夠追趕上她、超越她。不是別人，而是我。

——我想追趕上妳，也想在妳嘟囔著「無聊」的同時，闖進妳的目光。

「我會追趕上妳、超越妳的！在妳還沒有感到無聊之前，就一直看著我吧！瑟絲卡——！」

哦，多麼有趣啊！所以，我要更加快速度。試圖伸手抓住那個還沒超越的人。

雖然呼吸急促，四肢幾乎快要斷裂，但我的內心卻雀躍不已。

那麼，我就沒有停下腳步的理由。現在的我只想繼續奔馳，不考慮後果。

我向無盡的天際，伸出了手，試圖勾勒彷彿要消失，妳的背影。

彼此的狀態都處於極限，但嘴角都抑制不住一絲笑意。

雙劍與長槍、兩股靈氣相互碰撞的撞擊聲響，所有的聲音都交織在一塊，感覺像是在演奏著樂曲一般。

我拚命地對瑟絲卡緊咬不放，而她揮舞著長槍將我擊退。為了超越那樣的瑟絲卡，我繼續不斷地加速著。

身體已經達到要瀕臨崩潰的邊緣狀態。但是，我絕對不會放棄。現在如果妳想挫挫我的銳氣，除非折斷我的四肢，否則我是絕對不會停下的。

想伸出手，將我的想法傳達給投入這場戰鬥的瑟絲卡。我相信，這種充斥在我內心的幸福感，她也能夠感受得到！

「——呃!?」

瑟絲卡第一次露出扭曲的痛苦表情。那一刻，我感覺自己彷彿在無止境的奔馳中，找到了終點。

「啊、啊啊啊啊啊——!!」

「逆鱗豎立」為了變得更加快速，比任何人都優先達到終點，我解放了一切。從喉嚨中發出沙啞且瀕臨崩潰的聲音，用力踏出了堅定的一步。

而那一步，就是決定性的一步。比瑟絲卡收回長槍之前的速度還要再快，我揮舞著雙劍，朝空中揮去。

這一擊，彷彿朝向更遙遠的彼方、朝向遠方的天際。

那是──將瑟絲卡的長槍高高地朝向空中揮舞的一擊。

「──啊。」

瑟絲卡呼了一口氣，將空著的手放了下來，肩膀邊隨著呼吸而上下起伏，她望向了我。

一副像是被發現惡作劇的孩子一般，她擺出了難為情的表情。明明已經是筋疲力盡，卻無法抑制住情感的流露──畢竟她還只是個孩子。

她總是露出一副毫不在乎的表情──那正是我一開始把她留住時，曾看過的表情。

我懂了，是與過去的記憶重疊了起來。啊，就像那天一樣，我追趕上她了。與那時不同的是，驚訝與微笑的差別。

瑟絲卡的長槍落在我的背後，我試圖將劍對準了瑟絲卡，但手卻是顫抖不已。

瑟絲卡則是把手搭在了我的劍上。

「……愛哭鬼蕾妮，竟然能夠走到這一步。真是太厲害了。」

「瑟絲卡……」

「我投降了……是我輸了。妳真的……超越我了呢。」

瑟絲卡露出燦爛的笑容對我說道。接著，淚水在她的眼眶裡打滾了起來。

「蕾妮的夢想，實在是太了不起了。能夠與妳競爭……我打從心底感到很開心呢。」

瑟絲卡的這句話，讓我鬆開力道，放下了手腕，將她緊緊地抱住。

我終於開始感受到這場勝利的感覺了。瑟絲卡的稱讚逐漸滲透我的內心，心臟像是要暴走一般地顫抖不已。

「瑟絲卡，我追上妳了。即使不飛向天空——這個世界也依然很美妙的對吧？」

……啊，沒什麼大不了的。

我只是無法忍受自己的摯友看起來那般寂寞的樣子。

她對我淺淺一笑，靜靜地凝視著我。

這是我實現夢想的第一步。夢想成真的感覺，讓我喜極而泣。

接著，我們緊緊地擁抱在一起。一同歡笑，彼此分享著喜悅之情。

＊　＊　＊

感覺有點飄飄然，宛如置身於美夢一般。

在巫女的最終選拔賽中，贏了瑟絲卡，緊接著，將要迎來各種頒獎典禮。

然而，整段過程就猶如夢境一般，我始終沒有真實感。雖然已經開始舉行下一任巫女的祝祭儀式活動，但我只是在遠處靜靜地觀望著。

起初是一些熟識的人，以及巫女候選人會過來找我搭話。大家從未想過我能夠成為巫女，對此而感到驚訝，大肆稱讚著我。

我好不容易以微笑來回應著湧入的群眾，而在那之中，有個人對我格外地關心，那正是受到市長所委託的琉月。

「蕾妮，稍微出去散散心也好。看看外面的風景可以讓妳心情平靜下來。慶祝儀式也已經開始了，風景會變得很美哦，要不要去觀賞一下？」

與其說是感到疲憊，倒不如說自始至終從未有真實感，但是我也沒有拒絕的理由。於是，我來到了一座可以俯瞰整座城市的高樓面前。

從那裡可以看見整座城市，宛如閃閃發光的景色，一併收入眼底。太陽西下，夜幕降臨，燈光通明的夜晚，美得令人屏息。

聽說巫女選拔的慶祝活動會盛大舉行，在親眼目睹之後，還真是令人驚豔。

「……明明是我被祝福的人，但總覺得沒有什麼真實感。」

「妳在說什麼呢，下一任巫女大人？」

「咦!?」

突然，一道聲音從背後傳來，我隨著話音的來源轉身看去，發現瑟絲卡就正站在我的身後。

「琉月請我過來，稍微看看妳的情況。」

「……這、這樣啊。」

不知怎地，我不曉得該如何面對她。所以我只能含糊其辭，眼神也是游移不定。

在我不知所措的同時，瑟絲卡拉近了和我之間的距離，站在我身旁，然後將目光投向了那燈火通明的城市。

「這麼明亮的夜景，我還真是第一次看到呢。不錯……嗯，真的很美呢。即便是早已看慣的風景，居然也會有這樣的轉變，稍微讓我有點感動呢。」

「……嗯，我也這麼覺得，真的很美呢。」

我找不到適當的話語形容這一切，只是默默地眺望整座城市，正因為有了瑟絲卡的陪伴，讓我感到十分安心。

就這樣，兩人陷入了一片沉默，究竟又過了多久？這段時間裡，我彷彿置身於夢境一般，完全沒有回過神來。

此時，瑟絲卡突然朝著我的臉頰推了一下，我嚇得急忙後退。

「妳、妳幹麼啊？」

「我看妳心不在焉的樣子，所以想說戳妳一下。」

「正常點叫我一聲不就得了！為什麼妳總是要這樣捉弄我!?」

「因為妳的反應很有趣呀。」

「妳——！」

瑟絲卡似乎很樂在其中的樣子。她咯咯地笑著，那樣的笑容比平時還要更加地溫柔。我不禁凝視著她的臉。

「怎麼了？一直這樣盯著我。」

「總覺得妳和平時不太一樣。」

「有嗎？……嗯，或許我也有點感到興奮了吧。」

瑟絲卡露出一絲溫和笑意對我說道。看著那樣的表情，我的心底湧起了莫名的一股溫意。

「……開心嗎？瑟絲卡。」

「……開心？我嗎？」

感覺瑟絲卡有別以往，因為她看起來似乎很開心。

以往的瑟絲卡總是一味地凝視著遠方，對任何事都不太感興趣。

而吸引她的注意，總是把她帶回現實的人——就是我。

「是呢……很開心呢。我想，這有可能是我人生中最開心的時刻了。」

她看起來像是輸了也不後悔的樣子。究竟，她是抱持著什麼樣的心情在享受這一切？

「怎麼說呢，感覺心情很痛快。」

「儘管輸了，也依然如此？」

「或許就是因為輸了吧。老實說，我知道妳一直在努力，我也從來沒有輸給妳的打算。但是這次不是輸給了其他人，而是輸給了妳。」

「那當然啦，我為了今天，每天都很努力呢……」

「大家也都很努力喔。即便如此，我也覺得自己是不可能會輸給任何人的。」

「連我也是嗎？」

「當然，話說，妳那招也太厲害了吧？那個『鱗』的使用方式，究竟是怎麼一回事？連我都感到有點驚訝呢。」

「就是說嘛！那可是我拚命想出來的必殺技啊！」

「真的是太胡來了。明明是『鱗』，卻完全沒有考慮到防禦，妳的腦子肯定有問題吧。」

「哇啊，我可不想聽妳這樣說呢！」

「——可是，就是因為這樣，所以才會如此厲害吧。」

瑟絲卡說出肺腑之言。她的這番話，深深地觸動了我的心。如同火燒一般熾熱的情感，突然湧上心頭，刺激著我的淚腺，使得我熱淚盈眶。

「……果然還是那個愛哭鬼蕾妮啊，又要哭了嗎？」

「……才、才沒有哭呢！」

「如果哭了，妳就看不到這麼美麗的夜景了哦？還有那些滿心雀躍的人們，大家都在為妳祝賀呢。做為下一任守護龍的巫女大人，是這座城市裡面，比誰都還要尊貴之人。」

下個瞬間，瑟絲卡把手搭在了我的肩上。這麼一個小小的舉動，卻刺激了我的淚腺，眼淚如同雨滴一般，一點一滴地滑落。

「妳的努力，終於得到了回報。所以別哭了，抬頭挺胸吧，蕾妮。」

想成為巫女，一直是我所追逐的夢想。

無論如何，我都想要實現它，但有時又會讓我感到心灰意冷，覺得遙不可及。

即便如此，我也未曾有過放棄。

引導我追逐著那遙不可及的夢想，正是瑟絲卡。

之所以我能這麼努力不懈，正因為有瑟絲卡的陪伴，與我一同追逐夢想，直到實現。

「瑟絲卡。」

「怎麼了？」

「謝謝妳。」

謝謝妳，一路相伴。

我的嘴角不禁微微地上揚，對瑟絲卡表達著這份感激之情。

真的很慶幸能夠與妳享受競爭的過程。

如果妳覺得這座城市的生活讓妳感到無聊的話，就算墮落了、放棄了，那也是無可厚非的一件事。

即便如此，妳仍然希望能夠改變些什麼，並願意把這個願望寄託在我身上。希望我能夠追趕上，所以一直在等我。

「我可以認為自己已經超越妳，變得很了不起了嗎？瑟絲卡。」

如果將我們的夢想聯繫在一起的話，對妳而言會是什麼樣子？瑟絲卡。

如同回應無法說出的話語一般，瑟絲卡對我淺淺一笑。

「蕾妮，妳是我引以為傲的摯友。」

「……嗯。」

「主角怎麼能夠一直哭哭啼啼的呢。別愣在這裡了，趕快回去吧。」

瑟絲卡牽起了我的手。我趕緊擦拭著眼淚，對她說道：

「等等我嘛，瑟絲卡。」

「看來妳好像還離不開我呢，即便成為了巫女，妳的內心還是感到很不安吧？」

「唔，唔嗯！從現在開始，我會好好努力的！」

「早上，妳能自己起床嗎？」

「我會努力的！」

「如果有什麼不懂的地方，不問我也行嗎？」

「我會好好學習的！」

「看來，很不安啊……」

「我再也不會讓妳時時刻刻為我操心了！」

「哦，太好了！妳好像真的理解了呢。」

「嗯——！」

「那麼，接下來呢，我想試著成為巫女的護衛。」

「咦？」

「無論妳變得有多麼優秀，我都不能夠置之不理。我只是有點替妳操心罷了。」

「……沒想到妳還挺溺愛我呢。」

「是嗎？算了吧，還不知道妳會搞出什麼事情來呢，這可能是青梅竹馬註定會有的宿命呢。」

「妳是在指誰呢——？」

「妳的聲音簡直在顫抖一般。」

「哇啊——我可不記得我有搞砸過什麼事情啦！」

「好的、好的。」

啊，多麼瑣碎的談話啊。

我們一邊交談，一邊走向了祭典儀式的喧囂之中。牽著手讓我多少感到有點難為情，但是我就是不想放開。

（謝謝妳，瑟絲卡。能夠成為妳的摯友，真的是太好了！）

我會努力不辜負妳的期望，希望可以像這樣，一起與妳走下去。
因為我想與妳一同感受這個幸福的世界。
就算妳會感到無聊，我也會把妳好好折騰一番。
就這樣，我們都不想放手，牽著彼此的手。
我與瑟絲卡並肩同行，一起踏向幸福的喧囂中。

第三章　真實的沉睡之地

在那之後，大概過了一個月的時間，身為巫女的我，每天都過著忙碌的日子。

為了準備成為下一任巫女所需的儀式，我與負責統籌龍都的重要人物會面，討論配合的傳統服裝等等，一個又一個的滿檔行程不斷接踵而至。

「蕾妮，接下來要學習的職務是……」

「還，還有嗎!?」

琉月面帶微笑地應對著早已疲憊不堪的我，這段期間她給予我不少協助。雖然她幫了我很多忙，但我也因為她所帶來的工作而感到困擾。我可是一點都不感激。

今天，也是忙碌的一天，幾乎讓我沒有任何喘息的時間。連我這樣體力充沛的人，都感覺到有點吃不消。

「可、可不可以稍微讓我休息一下……？不行嗎？」

「不行。」

「好——的……」

無法拒絕。琉月的笑容看似在說「妳沒有拒絕的權利」，我只能繼續與她商討開會。

就這樣，我熬過了令人心累的一段日子。終於，迎來了巫女首次亮相的那一天。

從早上開始，我就被艾爾加登家的侍女領進了浴室，她們細心地為我擦拭肌膚、梳洗頭髮，然後開始幫忙我換巫女服。

我只能任由她們擺布，一面逃避現實，一面等待著數個小時。鏡子裡所反映的姿態，我是多麼地煥然一新，竟然變得相當地可愛……！

「這、這就是大小姐的氣質……！終於我也有了大小姐的氣質……！」

「沒有那種東西啦。蕾妮，服裝沒有問題吧？」

「嗯、嗯，穿得很舒服呢。」

巫女的傳統服裝一直是我嚮往的穿著，平常我只能遠遠地凝視著。如今，輪到我穿上了這樣的服裝，心中感覺這一點都不真切。

鏡子裡所映照出來的身影，化妝得體，身著巫女的傳統服裝。這，真的是我嗎？讓我不禁對現實產生了懷疑。

「那麼，在正式開始前，妳還有一項任務要完成哦！」

「什麼任務？」

「是展示妳威儀的任務哦！妳看。」

在琉月的催促下，我轉頭一看，那裡站著一對男女。看到那對身影，我不禁喊出了聲。

「爸爸！媽媽！」

「蕾妮！」

「哦，妳長大了……認不出來了啊。」

站在那裡的是我的父母。自從我成為了巫女以後，就一直很忙，只有休息的時候，才能夠與他們見面。

我向他們飛奔，撲了過去。

爸爸牢牢地接住了我，媽媽也一同加入，我們三人就這麼緊緊地擁抱在一起。

「妳已經長這麼大了啊……竟然成為了巫女大人，真的是令人難以置信。」

「畢竟妳為了成為巫女而一直在努力呢。妳終於實現了自己的夢想。」

「嗯！」

被父母溫柔地緊緊擁抱著，讓我感到十分安心。即使有一段時間沒見了，面對他們，我還是感覺到一種特別之情。

當父母看著我成為巫女的模樣，稱讚我變得很了不起時，我的心中充滿了喜悅。我也緊緊地擁抱著他們，接著慢慢地鬆開了手。

「是琉月小姐說讓我們見面的。」

「能先見到妳，真的是太好了。好了，去展示給大家看吧。妳變得如此優秀的身影，我會好好收入眼裡的。」

「嗯，一定要仔細看哦！我會好好努力的！」

我神采奕奕，對他們露出了燦爛的笑容。爸爸感到心滿意足，點點頭。媽媽則是面帶笑容，強忍著盈眶的熱淚，離開了房間。

在目送他們離開之後，我用手指擦拭著湧出的淚水，避免弄花了妝容。

「琉月，真是謝謝妳。」

「畢竟這是我的職責。蕾妮，妳準備好了嗎？」

「嗯，我們出發吧。」

我回應了琉月，在她的引導下，走向了儀式會場。

會場上聚集了許許多多的人們，他們都迫不及待地等待著巫女的登場。

過去，這樣的場景，我總是在觀眾席上遠遠地觀望。這次，同樣也是巫女在祭典儀式致詞前所出現的氛圍。

但這次有別於以往，這裡是我渴望、夢寐以求的地方。每當向前踏出一步時，那樣的真實感就會不斷地湧上心頭，而現實感也越來越淡薄。

「蕾妮，請笑一笑吧。」

在琉月的鼓勵下，我現身在眾人的面前。那一刻，巨大的歡呼聲與雷鳴掌聲迎接我，不禁讓我感到壓迫，差點停下了腳步。

即便如此，我依然抬頭挺胸，一步一步地向前邁進。我走向會場的中央，市長早已在那等候我。

當我站上市長所在的臺上，他面帶微笑地看著我。隨即，將目光投向了聚集在一起的人們。

「就讓我們在這裡祝賀新的巫女大人上任，現任巫女的名字是——蕾妮・柯瑞尼亞！」

在市長的宣言之聲下，大家再次歡聲雀躍，響徹整個會場。無論是大人、小孩，還是老人，都在為我慶祝著今天這樣特殊的日子。

為了回應眾人，我輕輕地舉起了手，向他們揮手示意。

我站在夢寐以求的地方。終於，真實感漸漸地湧了上來，無論我如何硬擠出一絲笑靨，都無法抑制住自己的熱淚。

＊　＊　＊

「蕾妮，還合妳胃口嗎……？」

「好、好吃極了……！」

我用緊張到顫抖的聲音，回答了琉月。

這裡是琉月的家——艾爾加登家族的宅邸。儀式結束之後，做為下一任巫女，我必須與市長共進晚餐，因此我們正在享用餐點。

雖然料理非常美味，但宅邸的氛圍讓我感到非常不適應，我對學習到的餐桌禮儀感到坐立難安。唔，希望能夠更輕鬆地享用這頓飯。

「那就好。如果您能滿意的話，那就最好不過了。」

市長開朗地笑著，我只能誠惶誠恐地陪笑。或許，這也是成為巫女所必須經歷的苦行吧。

「不過，我還是很驚訝啊。沒想到蕾妮小姐居然會成為下一任巫女呢。」

「嗯……」

「雖然我並不認為琉月的實力會輸給妳，這場最終選拔賽還有法露娜家族以才女著稱的喬瑟特大小姐，以及凌駕於喬瑟特大小姐的瑟絲卡小姐。坦白說，我真的沒想過妳會脫穎而出呢。」

「這……這倒也是。無論是瑟絲卡還是喬瑟特，並非都是說能戰勝就能戰勝的對手呢。」

「即便如此，您仍然贏得了這場比賽。或許對戰的組合，也有一點運氣的成分在。不過我認為，那正是守護龍——魯德貝基亞大人的引導，甚至可以說是所謂的『命運的安排』吧。」

「『命運的安排』，是嗎……」

「是的，沒錯。」

市長雖然是微笑著說，但我對這樣的解釋不太能接受。

畢竟，市長說我能夠戰勝瑟絲卡是因為『命運的安排』，我總覺得他的解釋不太正確。

之所以我們會以巫女的目標不斷地努力，都是因為彼此選擇了屬於自己的道路。用『命運的安排』一詞來概括一切，我總覺得不夠貼切。話雖如此，倒也沒必要到與他爭論的程度，我只是笑而不語，保持沉默。

「那麼，蕾妮小姐。不，您做為下一任的巫女，一直稱呼您為蕾妮『小姐』，真的是太失禮了。」

「那麼，該稱呼妳為蕾妮大人？」

「琉、琉月……別拿我開玩笑啦！」

聽著琉月的咯咯笑聲，我不禁嘶起了嘴。正當我的目光朝向她一瞥時，瞬間，我感覺到一股冰冷的寒意。於是，我急忙觀察她的反應。

琉月的表情還是和往常一樣，依舊無法了解她在想些什麼。

就在我納悶著是不是看錯了時，市長突然向我開口：

「那麼接下來，蕾妮大人，對於即將成為下一任巫女的您，有些事情我必須向您傳達，您方便與我一同前往嗎？」

「請問是要去哪裡呢？」

「是艾爾加登家族一直以來守護的地方，可以讓巫女瞭解到自身職責所在的一個地方。」

市長眯起眼睛，笑了起來。雖然那樣的笑容與琉月根本就是同個模子刻出來的樣子，但又感覺不太相似。

這種違和感到底是什麼？我對這樣的問題感到納悶，一邊在他們帶路的引導之下，繼續深入前往艾爾加登家族的宅邸後院。

＊　＊　＊

市長和琉月帶我來到一座莊嚴且壯麗的建築大門前。

門前佇立著門衛，他對我們行禮後，便開始準備打開大門。

「那個，這裡是……？」

「這裡是由我們家所管理，通往巫女平時居住祭壇的道路哦。」

緊閉的大門，就這麼被門衛漸漸地打開了。

門口有一個洞穴，裡面透出了幾束微微的光線。

那些光線莫名地吸引了我的目光。不知怎地，我能感覺到那些光線蘊含著守護龍的力量。

「市長，為什麼我可以從這些會發光的石頭當中，感受到守護龍大人的力量……？」

「那被稱為龍石，它會對守護龍大人產生反應，並且發光。妳們的武器和做為這座城市結界的基準點，都是用龍石所做成的。」

「咦！是、是這樣嗎……？」

「嗯，就是這樣。那麼，目的地在這邊，請隨我來吧。」

在貴重物品面前，我整個戰戰兢兢，在市長催促下，我緊隨其後，步入了洞窟之中。

每當越往深處前進時，我就越能感覺到守護龍大人的力量，心跳正在撲通撲通地狂跳，彷彿離現實越來越遠。

（前方究竟會出現什麼呢？不、不會是要和守護龍大人見面吧!?）

如果真是那樣的話，那也太過突然了吧！哇啊啊——我還沒有做好心理準備啊！

正當我處於焦慮難耐之時，突然，光線顯得格外刺眼，我走進了一個寬敞的空間。

那裡是一個巨大的空洞，深處有一池清澈的泉水。

然而，比起這一池清澈的泉水，有一樣東西吸引了我的目光，同時也迷失了自己對所見之物的認知。

「……咦？」

我不禁發出聲。然後搓揉著雙眼，再一次地看著眼前的景象。

「……這，是什麼？」

儘管我的嗓音有些沙啞，不過還是提出了心中的疑問。

——映入我眼簾的是，一具半邊被岩壁所掩埋，頭部沉甸甸下垂的巨大白骨。

這是一種擁有巨大身軀，像是足以輕易吞噬掉人類的白骨生物。本該是眼睛的位置上，卻流下了猶如淚水般的水滴，泉水正是從那裡滴淌而下。

「這是……什麼的骨頭？」

「您難道不知道嗎？」

市長用一貫作風對我如此說道。

而站在一旁的琉月，也收起了平時的笑容，凝視著我。

「這、這個，怎麼可能，難道是——？」

「——正如您所想的那樣，這就是我們這座城市的守護龍——魯德貝基亞大人的遺骸。」

遺骸。僅僅只是短短的一句言詞，就使得我的腦袋完全無法思考。

我開始有些站不穩，搖搖欲墜，似乎隨時都有可能因為頭暈目眩而暈倒在地。

但我可沒有閒情能夠倒下，我凝視著那具看似在流淚的白骨。

「這是……魯德貝基亞大人……的遺骸……？祂……已經死了……？」

當我自己將這句話說出口後，終於能夠好好地看清眼前的景象。但儘管如此，我仍然是難以置信。

不，我只是不願意相信罷了。

畢竟無法顛覆的事實就擺在眼前，逼得我不得不承認。

眼前就是守護龍大人的真身，而旁邊的這一池泉水，是我日積月累，不斷地修練才能得到守護龍大人力量的泉源。

只有身為巫女的我，才能擁有這股力量，我必須正視這個事實。

「您會感到如此震驚也是理所當然的。」

「市長……這究竟，是怎麼一回事？」

「這是艾爾加登家族，做為城市統治者，一直向人民所隱瞞的真相。這座城市的守護龍——魯德貝基亞大人，已經化為遺骸。只有祂的力量，留存了下來。」

「只有力量……究竟是從什麼時候開始的……？」

「自從巫女不再依靠血脈傳承，而改由更迭制度所開始的。」

「那……已經是幾百年前的事情了吧……？」

「確實是那麼久以前的事情，自從艾爾加登家族掌握了這座城市的權力以來。」

回答我的疑問並不是市長，而是琉月。

她的語氣有別於平時的緩慢，就好像是無可奈何一般。

「……既然守護龍大人已經離世的話，那巫女呢？巫女不是守護龍大人的代理人嗎？」

「就是字面上的意思哦。巫女做為代理人來代替守護龍大人，是憑藉其力量守護這座城市而存在的人物。蕾妮，這就是巫女的職責啊！」

「話是這麼說沒錯！但是，不一樣！我可是想要向守護龍大人報恩，為了這座城市而做為巫女的啊！」

「正如您所說的那樣，不過還是什麼也沒有改變對吧？守護龍大人確實是離世了，但是我們繼承了守護龍大人所遺留下來的力量，以及意志。」

不對。市長所說的話，某些程度上是錯誤的。

這根本像是偷換概念，他們一定有隱瞞著什麼事情。

「……既然如此，為什麼不公布於世呢？」

「嗯？」

「既然守護龍大人已經離世的話，為什麼不公布於世!?」

「公布的理由是？」

「理由……！」

「公布於世之後，您打算如何？」

市長這句不以為然的回答，瞬間讓我火冒三丈。我一邊揮手一邊向他們咆哮：

「你們……居然欺騙這座城市的所有人!?大家都以為守護龍大人還活著！相信祂與巫女一起守護著這座城市！並且一直堅信著！」

「祂確實還活著，守護龍大人依然還活著，而且您身為巫女所得到的恩惠，也是守護龍大人所賜予的。祂的遺骸中，確實遺留下了賜予我們的庇佑，以及意志。」

「不對！那只是在利用守護龍大人的遺骸罷了!?」

「守護龍大人允許了我們這麼做哦！所以在那之後託付給人們，由我們繼承了守護龍大人的力量，並且一直在維護著這座龍都。」

「……你說什麼？」

我拚命忍住腳下搖搖欲墜的感覺，全神貫注地聽著。

守護龍大人早已離世，這件事只有一部分的人知曉。

遺留下來的僅僅只有守護龍大人的力量。藉助這股力量，這座城市才能得以延續至今。或許在某種程度上，可以說祂確實還活著。但是，這僅僅只是力量罷了。

隱瞞這個事實，真的是正確的選擇嗎？如果是正確的話，那就沒有必要隱瞞！

「……您是在懷疑我們嗎？」

「當然啊！你們竟然隱瞞了這麼重要的事情!?」

「因為那是必要之事。」

「必要之事……？」

「守護龍大人已經離世了，守護我們的終究只是繼承的力量。換言之，就是人類，就是統治這座龍都魯德貝基亞的我們——艾爾加登家族的成員。我們有責任讓這座城市延續下去。」

「話雖然是那麼說！但如果是像你說的那樣，又為何要隱瞞？」

「無論遺留下多少的力量，都無法改變守護龍大人已經離世的事實。我們心靈寄託的地方，有守護龍大人的存在。那麼，如果人們得知守護龍大人實際上已經不存在了，您認為會變成什麼樣子？要是有人覬覦這股力量，您認為會發生什麼事情呢？」

「這個嘛……」

「為了守護以及聯繫這座城市，守護龍大人這一個象徵就是必要的存在，所以才需要有巫女啊！然而，守護龍大人所遺留下來的，終究只有力量罷了。至於該怎麼利用這股力量，則交由人類來決定。那樣的話，會發生什麼事……您能夠想像嗎？」

「會發生什麼事……？」

「──您，真的希望在人類之間引起鬥爭嗎？我想聽聽您的回覆。」

在市長的詢問之下，一股寒意竄過我的背脊。揭示這個真相，真的會讓這座城市的人們引起鬥爭……？

「我們為了避免人們引起鬥爭，才沒有公布這個真相哦。一旦被人知曉守護龍大人離世，甚至巫女這樣的存在也都不是絕對必要的存在情況下，我們可沒辦法自圓其說。」

「這個嘛……」

「有人像我們一樣渴望著城市的安逸，也有人對於這座城市的安逸而感到厭倦，甚至產生了離開這裡的想法。既然是人，意見分歧也是無可厚非的一件事。如果居住在這座城市的所有居民，意見都能夠達成一致的話，或許就能夠找到不必隱瞞真相的方法了吧。」

市長一邊面帶微笑，一邊朝著我走來。接著，將手搭在我的肩上，在我的耳畔邊低聲呢喃：

「但是，那是不可能的。正因如此，我們才需要一個超越人類、絕對象徵，來做為指引。如今，守護龍大人已經離世，能夠承擔起那樣職責的對象，就只有巫女了。」

「……」

「蕾妮・柯瑞恩，您背負起下一任巫女的職責。是的，如果您決定公布全部真相的話，那也無妨。如果您真的希望城市裡的居民彼此之間互相鬥爭的話，我們也無法阻止您。」

「那種事情……！我並不希望發生！」

「那麼，在您成為巫女之後，您打算如何？」

「我……之所以想成為巫女是……」

我曾經是幸福的。在這座城市裡，每天都充滿著幸福。因此，我想向賜予那份幸福的巫女和守護龍大人，報答恩情。

所以我立志成為巫女，希望成為能夠守護他人幸福的巫女。

但是，我所仰慕的守護龍大人早已逝去，就連巫女大人，也和我心中所描繪的樣子有所不同。

什麼是對的，什麼是錯的呢？

思緒不斷在我腦中打轉，越來越分不清楚事物的對錯。

得知真相之後，我感覺自己被欺騙了。不過，那是否是必要的謊言？

畢竟一旦公布了真相，所有值得相信的事物，都將不復存在。

因此，我們必須向這座城市的所有居民，隱瞞真相。

為了避免人們之間互相鬥爭，為了維護這幸福的日子。

「您依舊認為我們做錯了？」

「……我不知道。」

「如果您無法相信我們，那就將我們排除在外吧。屆時，不管城市變成了什麼樣子，我們不會擔負起這份責任。因為您才是背負這座城市的命運存在。基於此，我也真心希望能夠助您一臂之力。」

市長的話，使我無法欣然接受。彷彿花言巧語一般，矇騙過去。

即便知曉，我也無法斷然地說，他們是錯誤的。

市長所說的都是事實，即便我譴責他們，也都無法改變守護龍大人已經逝去的事實。

那麼，我該怎麼做才好？守護龍大人已經不存在了。

然而，巫女能夠繼承守護龍大人的力量。

我們就可以像過去那樣，繼續隱瞞著真相，欺騙城市的居民，維持著幸福的日子。

雖然那樣做是錯誤的……但是，這難道不是正確的選擇嗎？

對於茫然失措的我，市長更進一步地，繼續在我的耳畔邊低語，試圖想要蠱惑我。

「——您，熱愛這座城市嗎？」

面對市長的質問，我緊緊地咬著下脣不放。

我揮開他搭在我肩上的手，瞪大雙眼，怒視著他。

最終，我一言不發——像是在逃跑似的，倉皇地離開了那裡。

＊　＊　＊

我早已記不清，究竟走過了哪些地方。

穿過洞窟、衝出宅邸，我來到了街上。

我不想被任何人看見，所以鑽進了小路，用盡全力奔跑在牧場到花田的道路上。

最終，我跑到了這條道路的盡頭，隔絕城市與外面世界的牆壁。

在勢頭不減的情況下，我一躍而上，站在了牆壁上。映入眼簾的是，一個通往外面世界的懸崖。

只要越過那個懸崖，就能夠飛身撲向外面的世界。

我試圖跨越牆壁，踏出更遠的一步……但是，腳卻停滯不前。因為我似乎有種預感，一旦跨越了這條界線，有些事情就會變得無法挽回。

因此，我只能站在牆壁上，始終無法往前踏出一步。抬頭仰望著懸崖怒目而視，目光卻自然地低下。

「……怎麼辦？」

這種事我從來就沒聽說過，我無法容忍他們隱瞞著真相。

但是，如果不隱瞞的話，又該怎麼做才好？

「……該怎麼辦啦。」

我一直以為只要能夠成為巫女，夢想就會實現，所以努力地狂奔。然而，最終我所抵達的地方，不僅沒有夢想，反倒是一個既黑暗又絕望的洞穴，張開口將我吞噬。

意志力像是被削除了一般，逐漸消逝，我感到一陣噁心，頭暈目眩。彷彿隨時都會無力地倒下。

既然如此，為什麼我仍然可以撐下去？

「……我本以為，夢想會實現的。」

大家都在為我而感到開心，歡聲笑語。

他們對我說著：「妳真的很努力呢。」

因為大家對於實情，根本就一無所知。

「為什麼？」

連那些話語，也全都變成了謊言？

如果我向大家公布了真相，大家臉上所掛著的喜悅和期待的笑容，會變成消沉和絕望嗎？

光是想像著這些情景，我就忍不住感到噁心，我拚命強忍住心中的情緒，雙膝著地，跪在了那裡。

「……為什麼？」

到底是為什麼會變成這樣？我不明白，我真的不明白。

我所相信的一切，全都是謊言，沒有一樣是真實的。

可是如果我訴說人們被欺騙的事實，一切都會崩潰。為什麼？我根本就不明白其中的道理。

為什麼，這一切必須要由我來承擔？

「……是因為我贏得了最後的勝利？」

因為我渴望成為巫女，贏得了比賽，本身就是錯誤的嗎？

明明我也同樣被欺騙了，但是，這一切是我的錯嗎？

都是因為市長隱瞞了殘酷的真相啊。

但為什麼我就必須得承受這樣的痛苦？

「……該怎麼辦才好？」

我所相信一切的正確事物，連一樣都不復存在。那樣的話，我又該奔向哪裡才好呢？如果我認為的事情，本身就是錯誤的話，那是不是應該把真相公布於世會比較好？

『您真的希望在人們之間引起鬥爭嗎？我想聽聽您的回覆。』

胃裡傳來一陣劇烈絞痛，我用力緊咬住嘴脣。

腦海裡浮現親密之人的臉孔。
瑟絲卡、爸爸、媽媽。
附近的叔叔、阿姨們，以及孩子們。
那些教導我許多事情的老爺爺、老奶奶們。
記憶中的人們，總是洋溢著燦爛的笑容，大家都為我而感到開心。大家、大家……！
「……我。」
我緩緩地抬起頭，幾乎在顫抖的雙腳重新站了起來，從牆壁上轉身望去。
那裡是龍都魯德貝基亞，我所生長的城市。
五彩繽紛的花朵點綴著花田。
趕著羊群回家的孩子們。
市集上朝氣蓬勃，人們的喧囂之聲，彷彿可以傳達到這裡。
每個人都像今天一樣，度過幸福的一天。
光是想到這一幕，我的淚水不禁潸然淚下。
我緩緩地踏出了一步，從牆上一躍而下，掠過花田前進。
從遠處傳來孩子們追逐羊群的聲音。

隨著離市集越來越近，人們的喧囂之聲也越來越清晰。

「——蕾妮？」

就在我即將進入市集之時，有人叫住了我。

轉頭一看，瑟絲卡就站在那裡。

「……瑟絲卡？」

「這個時間，妳在做什麼啊？」

太陽就要落下，夜晚即將降臨。夜幕降臨的話，人們會進入夢鄉。

這個時間外出的，應該只有值勤巡邏的人們吧。

所以瑟絲卡才會一臉詫異地看著我，感覺她的表情之中略顯擔憂。

「……妳沒事吧？」

被瑟絲卡一問，我不禁嚥下了即將說出口的話語。

——此刻，如果我在這裡向瑟絲卡求助，她會幫助我嗎？

我好想向某人傾訴一下自己的心聲，訴說這一切與我所期望的完全不同。
我好想嚎啕大哭吶喊，這不是我成為巫女的原因。
（但瑟絲卡聽完之後會怎麼想？）
瑟絲卡一直對這座城市保持著疏離感，她以醒悟的眼神，注視著這乏味的世界。
如果我向瑟絲卡傾訴了這座城市的真相，她究竟會怎麼想呢？
她肯定會放棄這座城市吧，好不容易為我而掛上的笑容，也會悄然抹去。
最終，放棄了這一切。
接著，她有可能就這麼離開。
腦中陷入了一片混亂，我只能硬擠出一絲笑容。

「……嗯，沒事哦。」

——沒錯，我撒了謊。
一邊向瑟絲卡強顏歡笑，一邊如此說道。
瑟絲卡驚訝地睜大了雙眼。以她敏銳的程度，如果我再繼續說下去，很有可能就會被她察覺，因此我要表現得比平時更加神采奕奕的樣子給她看。

「妳看，在成為了巫女以後，我肯定要學習各種事物，對吧？這樣的話，我就沒有時間可以自由外出了，所以剛才我在附近散散心！」

「……蕾妮。」

「啊！原來已經到了我該回去的時間了！不留神，都忘了時間了！都快來不及了！那麼，瑟絲卡，我先走囉！」

——對不起，瑟絲卡。

我在心裡低聲道歉，連正眼都不敢看，就這麼匆匆地離去。

奔跑起來，無視從心底湧上來的情緒。

接著，我終於抵達艾爾加登家族的宅邸面前。

市長和琉月在那裡等候我。

琉月不願與我眼神相對，別過臉去，市長則是擺出一貫的笑意。

儘管如此，他也早已知道了答案似的，向我詢問。

「心情平復了嗎？」

我怒瞪著市長，咬緊牙關，似乎都能夠聽見牙齒發出了咯吱咯吱的聲響。於是，我緩緩地吐出了一口氣。

為了不讓內心積壓的情感迸發而出，我努力抑制那股衝動。

「……你們，真是太卑鄙了。」

「或許吧。」

「……但是，因為我是巫女，所以我必須守護這座城市。」

市長對我的回答滿意地點了點頭。

即便心中對於他那副表情心生厭惡，但是我卻什麼話也說不出來。

我——不能選擇破壞這份和平。

因此，我只能避而不談。

如果我公布了真相，龍都因此而毀於一旦的話，我將會失去所有，什麼都不剩。

因此，我只好接受他們的提議，繼續向大家撒謊下去。

不這樣做的話，就會傷害到所有人，讓他們感到失望。

「……很高興您能下定決心，我們和您是站在同一邊的！只要您願意守護這座城市，那麼，這座城市就會得以延續下去。請您以巫女蕾妮的身分，竭盡全力地守護這一切吧！」

巫女，這個稱呼曾經是我的夢想。

明明現在被稱為巫女……我卻感到比以前都還要更加痛苦。

「那麼，讓我們開始巫女更迭儀式吧。越早越好。」

「……我該怎麼做呢？」

「很簡單，您只要浸身於守護龍大人遺骸下的泉水之中就好，接下來就知道該怎麼做了。好了，關於具體的做法，就留到您回來之後，我們再向您說明吧。」

話音剛落，市長和琉月便一起返回了剛才的道路。

我一言不發，緊跟其後。接著，眼前的這一幕，是我再也不願看見的景象。

從守護龍大人的遺骸上，流下了宛如淚水一般的水滴。

市長指著那些水滴積聚形成的一池泉水，對我說道：

「來，浸身於泉水之中吧！啊，對了！妳得先換上巫女服才行。巫女的裝束即使浸溼了也不要緊。琉月，幫她換上吧！」

「……我知道了。蕾妮，這邊請。」

在琉月的催促下，我潛入了空洞旁邊的小洞穴。

那裡形成了一個小房間，看起來這裡備齊了應有的生活用品。

「這裡是……？」

「是巫女和巫女的隨從們所生活的房間哦。換裝也是在這裡。」

琉月在向我解釋的同時，打開了衣櫃的門。

裡面擺放著我熟悉的巫女服裝。

巫女通常不會出現在眾人面前。

但是在慶典或是儀式上，她們會穿上這身裝束。

我原本一直渴望穿上這套裝束，但是現在卻一點也不開心。

「蕾妮。」

「……」

「……妳果然還是不喜歡換裝嗎？」

「……我會換的。是巫女的話，我就必須得穿上它對吧。」

「是呢。」

在琉月的催促下，我脫去了身上的衣物。

身體一絲不掛，琉月開始幫我換上巫女的裝束。

這段期間，我們之間沒有任何的對話，氣氛顯得有些凝重。我默默任琉月換上巫女的裝束，然後在鏡子前看著身穿這身巫女服的自己。

鏡中映出的是一副宛如情感被凍結，冰冷一般表情的自己。

「蕾妮。」

「……我知道。」

當我凝視著鏡中的自己時，琉月叫住了我。在那道聲音的催促下，我走出了小房間，一直在那裡等待的市長，露出了燦爛的笑意，輕輕地鼓掌。

「非常適合您哦，巫女蕾妮。」

「……謝謝。那麼，我現在可以直接進入泉水之中嗎？」

「可以的。」

我看著市長，緩緩地深吸了一口氣，將腳伸進了泉水之中。

泉水的溫度比人體還要稍微冷一些，我緩緩入水。

從觸碰到水的部位，彷彿有一種蠕動的感覺開始竄上全身。

猶如被誘導一般，我走向泉水的中心，朝著守護龍大人的頭部下方前行。水的高度稍微低過胸口。

現在，我的腰部以下完全浸沒在泉水之中。

當我抬頭仰望時，我看見宛如淚珠一般的水滴，從上方滴下。我下意識地伸出手去接過那一滴水滴——瞬間，全身襲來一陣劇烈的疼痛。

「啊、呀，痛……!?」

我勉強咬緊牙關，強忍住幾乎要尖叫而出的衝動。然後嘩啦一聲，我就像是崩塌般地墜入水中。

全身被劇痛深深折磨，但是，這種感覺卻是如此熟悉。

（這是守護龍大人的……力量……！）

這種力量比以往的靈氣更加濃烈。

為了成為這股力量的容器，身為巫女必須要累積一定的修行量才行。否則根本就無法承受這股力量。宛如喝下了毒藥一般，守護龍大人的力量逐漸侵蝕著我的身體。在劇烈的痛楚之中，我陷入了錯亂，在水中不斷地掙扎。

（——好痛、好痛、好痛、痛痛痛痛痛痛痛痛痛痛——！）

光是在水中就已經很痛苦了，吞下的水，更是灼燒著我的身體。

內外都受到高濃度守護龍大人的力量侵蝕，我已經做好了死亡的覺悟。

那是如此劇烈的痛楚。接著，我開始處於無意識的狀態。

守護龍大人的力量侵蝕著我的身體，我努力控制這股力量，使其流動並融入全身。

這種感覺與包覆「鱗」時的觸感非常相似，有了那股力量，痛楚漸漸平息了下來。

終於，能夠自在地控制身體，我浮出了水面。

「咳咳！咳咳、咳咳……！咳咳……！」

我咳出了吞下的水，試圖吸入新鮮的空氣，但卻被嗆得咳嗽。

每次嗆咳，我的身體都會嘎嘎作響，我拚命地支撐著身體。

「——真是太棒了。」

當我的呼吸漸漸平穩下來時，我聽到了市長陶醉般的聲音。

「太棒了！太棒了！巫女蕾妮！果然如此！果然如此！正因為您擅長使用『鱗』，所以才能將守護龍大人的力量包覆在全身啊！」

為何市長會如此地開心，甚至到拍手叫好的程度呢？這樣的情景，我不禁感到有些困惑。

「這是個盲點啊！這麼一來，這個時代的巫女，將能夠維持更久！」

「……市長。」

「您懂了嗎？現在您應該成為什麼樣的存在了！展現出自身的厲害之處，妳自己比任何人都要更清楚！」

聽著市長興奮不已、喋喋不休的話語，我不禁凝視著自己的手。

守護龍大人逝世後，為何依然能夠守護這座城市的生活。對此，我終於有了答案。

——自己簡直成了龍一般的生物。

就像是重生了一般，感覺自己與以前截然不同。

對於這世界，也有了不同的感受。內心所寄宿的情感，彷彿正在告訴自己存在的意義。

「……啊。」

原來，這就是成為巫女的意義啊！

我體會到像是掉進了黑暗谷底深淵的一種絕望感。

雖然痛楚有稍微減輕，但那種像是不斷在侵蝕自己的感覺，我想也絕對不會消失吧。

從今以後，我的一生將永遠留存守護龍大人的力量，做為一個容器活下去。

為了守護這座城市的幸福，歷代的巫女，是否也體會過這樣的痛楚？

（——哈哈，真像是一個活祭品呢……）

當我意識到這世界是如此脆弱且無常時，就像是一瞬間削弱了我的精神面，逐漸剝奪了我的人性。

我無力地站在原地，溼漉漉的頭髮所滴下的水珠，滑過我的臉頰。

——我，失去了一切。這樣的想法，化作了眼淚，一點一滴地落下。

第四章　穿透的那一束光

不知怎地，我有一種不好的預感。

我——瑟絲卡．科爾內特，對於自己的直覺，緊緊皺起了眉頭。

蕾妮成為巫女已經過了將近一個月的時間了，從那之後，我就開始變得無所事事。

閒來無事的我，某天心血來潮，走在街上，卻碰巧遇到了她。

她成為了巫女之後，應該很忙才對，但她竟然會出現在街上，而且樣子還有些奇怪。

（她對我露出從未見過的表情……）

露出那樣的表情，她還想蒙混過去。我對她試圖想隱瞞些什麼的態度而感到不安。

（發生了什麼事……？她不是那種會隱瞞事情的孩子。難道……她獨自承受了什麼煩惱……？好不容易成為了巫女，怎麼會這樣？）

思緒在我腦海中一圈又一圈不停地打轉，內心總覺得焦躁不安。

與蕾妮分開的這段期間，我有種奇妙的感覺，正因如此，我才會對她格外地在意吧。

（或許是我多慮了……）

那個孩子終於實現了她長久以來的夢想。既然如此，那應該是沒什麼好擔心的。

多虧了蕾妮，我也終於解開了多年以來的心結……確實如此。即使這樣，一旦我閉上雙眼，就會不禁想起那句——曾經對我訴說的話語。

『——瑟絲卡。因為妳是個聰明的孩子，將來應該能夠成為巫女吧？』

從小，我就非常聰明，被譽為神童。

相較於同齡之人，我也更加懂事，就算是運動方面，我也從未輸過他人。

但是，對我來說，什麼都能夠辦到，反而是相當無趣的一件事。

在守護龍大人的守護下，被稱為永續千年的城市——龍都魯德貝基亞。

幸福代價換來的是一成不變的日子。因為這裡繁榮富足，所以沒有必要去特別改變什麼。這裡，人們只要享受著這份幸福，就可以一直生活下去。

對於活著的人們來說，守護龍大人的巫女，就是這座城市的頂點及象徵。

巫女獲得守護龍大人所賜予的力量，與祂一同守護著這座城市，是居民的引導人。不知是何種機緣，巫女更迭的時期正逐漸逼近，而我也恰好迎來了這適合的年齡。

於是，不知從何時開始，每個人都開始私下傳言，認定下一任巫女，很有可能是我。

（——別開玩笑了！我才不會成為那種存在呢！）

我才不會成為永遠守護這座城市，象徵這無趣世界的存在呢！

既不用擔心飢餓，也不會對明天而感到不安，僅僅只要接受每一天，就可以不必做出任何的改變活下去。那確實也是一種幸福。

但如果一成不變，僅僅在這裡結束一生，那我和植物又有何區別？

如果和植物一樣的話，那我身為人，又有何意義？為了什麼而感到有趣？為何必須承受這樣的痛苦，繼續活下去？

沒有人能夠告訴我答案。因此，我開始渴望見到外面的世界。

對於外面的世界抱有期待與好奇心，以及對於這座城市而感到不滿，心生厭惡。最終，內心積壓已久的憤怒，突然溢出，我走向了最接近外面世界的外牆，我想看看外面的世界。

——接著，我在那裡與昔日成為摯友的蕾妮相遇。

『那裡很危險，不要去！』

蕾妮一副勢在必行的表情，緊張地牢牢抓住了我的手，阻止我繼續前進。面對試圖想拉住我的她，我的內心湧上了一股——接近憎惡的情感。

她是個只會對大人的話言聽計從，適應了這無聊的世界，與優等生的自己截然不同。

反正這孩子也無法理解我任何的煩惱及痛苦。出於那樣的想法，我用盡力氣，不斷地掙扎，害得想強行拉住我的蕾妮，哭得更加傷心。

如今，回想起來，那只是一場毫無意義的發洩罷了。通常在那種情況下，就算因此而被她討厭，保持距離，也是很正常的事。

即便這樣，蕾妮還是一邊哭著，試圖拉住我。不管是踩她的腳，還是毆打她，甚至是扯她的頭髮，她依舊不肯放棄，緊緊地抓住我的手，不肯讓我走。

『不要去啊……不行啊……很危險啊……！』

明明她才是遭遇危險的一方吧。在同齡人之中，我打架就從未輸過。她被我揍得滿頭是包，但她依舊不肯放棄。

『……妳為什麼要這麼堅持阻止我？』

『都說了，很危險啊！』

『明明被我揍成這副德行，妳為什麼還要這麼堅持阻止我？』

『都說了，因為這樣很危險啊——！笨蛋——！』

她一邊哭，拚命地也要拉住我。對此，我不禁瞠目結舌。

之後，我牽起一邊哭哭啼啼的她，我們一起走回家。至今為止，這一幕仍是歷歷在目。

從此，她就像是監視我一般，經常與我一起行動。

不過蕾妮的個性真的是非常熱心，看見有人吵架，就會去勸架；看見有人哭泣，就會去關心，真是個忙得不可開交的傢伙。

一開始，我覺得明明她也很弱小，卻總是奮不顧身地去幫助他人的樣子，簡直像個笨蛋似的。但漸漸地，我無法放任她不管，開始提供她各種幫助。

自從我和蕾妮一起面對這些事情之後，她一邊哭著處理事情的場景，也變得越來越少。

取而代之的是，臉上開始洋溢起打從心底開心的笑容。

『瑟絲卡，一直以來謝謝妳哦！』

比自己還優先考慮他人的感受，即便受了傷，也會拚盡全力，毫不氣餒。

她為什麼可以為了他人而那麼付出努力，我一直無法理解。這樣的疑問，讓我的視線，開始離不開蕾妮。

一直以來，我都在注視著她。無論是那傢伙洋溢著笑容的表情，還是氣噗噗的表情，甚至是快要哭出來的表情，我都見過。

在得知我無法成為巫女的瞬間，過去曾經討好我的那些人們，輕易地離我遠去。其中，也包含了我的父母。

每一次碰面，他們都會對我說：「妳肯定會成為巫女吧？」之類的話題。

事到如今，他們似乎也不知道該如何面對無法成為巫女的我了。

對於父母的態度，其實我並不在意。因為從好幾年前開始，我們就放棄了互相理解的可能性。

因此，就算回到家以後，我也經常回想起與蕾妮共同生活的那段美好日子。雖然沒有像以前那樣的課程或是訓練，但是為了消愁解悶，我每天依然會在老地方做訓練。

或許是因為我期待著蕾妮會突然出現。

然而，再次與她相遇的瞬間，卻與我想像的相去甚遠。

「到底發生了什麼事啊……？」

我有一種不祥的預感。脖子像是被人掐住那般，無法平靜，那種焦慮感真是令人不快。

話雖如此，我該怎麼辦才好？聽說蕾妮現在正為了當上巫女的事而忙得不可開交，突然跑去見她的話，她會願意見我嗎？

說到底，為什麼我非得要去找她？如果她有什麼困難，直接來找我商量，不就得了？根本就不必一人苦惱。

這麼一想，我就開始感到焦躁不安。在意識到自己的焦慮後，我把手放在了額頭上深深嘆氣。

「為什麼我會這麼煩躁呢……」

這一切全都是蕾妮的錯。要說我為什麼會感到如此煩躁，其實大部分都與她有關。那個濫好人，總是喜歡自找麻煩。

照理說，我應該要放著她不管才對，可是我卻對那樣的蕾妮，如此擔心。即便我努力地想要停止，最終仍然無法克制自己對她的在意。

「……這種該死的孽緣，居然到了這種地步。」

雖然心中有些不滿，但是從無法切斷這種緣分的那一刻起，我就徹底地輸了。

因為我喜歡與她之間的關係。

身旁只要有蕾妮的陪伴，我就無需考慮這麼多煩惱。儘管不滿及鬱悶並未消失，但是在與她相處的日子裡，我根本就忙到沒有時間去煩惱其他事。

因此，我開始希望能夠陪在蕾妮身邊，見證她追逐成為巫女的夢想。

同時，我也開始有了某種想法——如果連蕾妮都無法填補我的百無聊賴，那我只好成為巫女，站在這座城市的頂點。

實際上，這兩個選擇對我來說還不錯。在與蕾妮一起度過的那段時光裡，我也與其他人建立起聯繫。

一點一滴地感受著自己變得圓滑的真實感，這樣的日子並不壞。

或許期待在心中悄然萌芽。為了驗證這一點，我不允許自己半途而廢。

因此我試圖成為阻礙蕾妮夢想的障礙。

要是她無法打敗我，那我也可以接受。

但如果到了她可以戰勝我的那一天，或許，我就能找到消除這種鬱悶的方法吧。

「……真是心甘情願地輸了呢。」

真是一場完美的敗北，我的心中沒有留下任何的遺憾。

「沒想到『鱗』還有那樣的使用方式。可以把『鱗』研究得如此透徹，也就只有她，才能夠辨得到吧！」

當我看到百折不撓、堅信自我並勇往直前的蕾妮，我的內心顫抖不已。

那種興奮感，像是在漆黑的夜空中發現的繁星。

然後，我抱持著這份興奮感，與蕾妮對戰。

蕾妮在我眼前散發出更加璀璨的光輝，彷彿被光芒纏繞全身一般。

她用如此耀眼的光輝，企圖超越我的姿態，直勾勾地盯著我看，不禁讓我感到心滿意足。

我的願望實現了。

當然，我並不打算放水，正是因為我已經全力以赴，所以才有了放棄成為巫女的念頭。

說到底，也只是對這個世界感到無聊，因為我的視野太過狹窄。

我只是一個不用做任何努力，就可以獲得成果，不思進取的孩子罷了。

「……好不容易才對妳有所改觀，為什麼妳又露出了那種表情？」

我就是無法對蕾妮的表情視而不見。

我不想直接去找她，但再這麼下去，我焦躁不安的情緒也會無法平息。

結果我的思緒依然在原地打轉，直到聽見房門外所傳來的敲門聲。

「……誰啊？」

會來這裡找我的，大概只有蕾妮了。

她不在的情況下，不可能會有其他人登門造訪。到底，會是誰呢？

「瑟絲卡，原來妳在啊！太好了，可以開門讓我進去嗎？」

門的另一頭，有人呼喚著我的名字。那是我熟悉的聲音。雖然這道聲音著實很令人意外，但我還是從床上起身，打開了門。

「真是稀客啊，沒想到妳居然會來找我——」

站在那裡的是喬瑟特。她甩了甩引人注目的紅髮，走了進來。她習慣在戰鬥以外的時間戴上眼鏡，此刻的她，正透過那副眼鏡打量著房間，然後目光向我一瞥。

「妳看起來精神還不錯嘛。」

「一般般吧。找我有什麼事？如妳所見，蕾妮不在這裡。」

「我當然知道她不在。我是有事要找妳。妳能隨我來嗎？」

「……我再說一遍，有什麼事？」

我毫不掩飾，表現出不耐煩的態度，直接對著喬瑟特如此說道。

接著，喬瑟特一副像是「被妳打敗」的樣子，緊盯著我，歎了口氣。

「蕾妮不在時，妳還真冷漠。對他人也似乎不感興趣……」

「妳有資格說我嗎？」

當我這麼說時，喬瑟特沉默了。

看來，喬瑟特似乎沒有特別親近的朋友，她總是與人保持著距離，給人留下的印象只有默默一人鍛鍊罷了。

她的表情在我指責之後，顯得有些尷尬，這反應足以證明她自己也意識到了這點吧。

「……是啊。但我覺得有些事情還是應該要告訴妳的。做為蕾妮的摯友，妳有資格知道。」

「……什麼意思？」

「這裡不方便說，如果可以的話，妳能來我家一趟嗎？」

我盯著喬瑟特看，但是她似乎不打算在這裡談論，只是靜靜地凝視著我。

「……雖然我不知道妳有什麼事，但既然妳都那麼說了，我就隨妳去吧。」

「謝謝，那我們走吧。」

聽到我這樣答覆之後，喬瑟特轉身走出了房間，而我也緊跟著她的背影，離開了房間。

＊　＊　＊

喬瑟特的家族——法露娜家族，是個承襲初代巫女血脈的名門世家。正因如此，她的家族宅邸就位於聖域之中。

「歡迎回來，大小姐。」

在女僕的招呼下，喬瑟特走進了屋內。我曾經遠遠地看過一次，到現在我依舊認為這是一座非常宏偉壯觀的豪宅。進到屋內以後，這種想法變得更加強烈。

「請幫我備好茶，送到我的房間來。」

「遵命。」

「走吧，瑟絲卡，這邊請。」

我一邊跟在喬瑟特的後面，最後被帶到了她的房間。

這個房間的內部裝飾很符合她沉著冷靜的風格，裡面充溢著典雅的氣息，卻又不會過於華麗，看起來似乎只留下精心挑選過的必要物品。

「妳就隨便坐吧。」

「……是關於什麼事情？」

「妳還真是急性子。先坐下來，等會喝口茶如何？」

我盯著喬瑟特看，她也只是看著我一言不發。我放棄了堅持，坐了下來，隨後，喬瑟特也坐到了對面的椅子上。

在等待茶水端來以前，我一直保持著沉默，喬瑟特也什麼都沒說，時間就這樣一分一秒地流逝。不久後，敲門聲響起，一名女僕走進了房內。

「茶水給妳們送來了。」

「謝謝，妳可以退下了。」

女僕優雅地行了禮，便悄然從房內離去。當我用眼角餘光看著這位女僕離去時，喬瑟特則是嘆了一口氣。

「……真是的，蕾妮不在身邊時，妳就好像變成另一個人似的。」

「另一個人？在說我嗎？」

「妳不想與任何人交談，也對任何人不感興趣。用那種冷漠的眼神，看著周圍的一切。唯獨只有蕾妮。」

「……怎麼？妳是想訓斥我嗎？」

「我不是那個意思……雖然我很討厭妳這樣的態度。」

「抱歉，但我並沒有特別在意他人對我的觀感。」

「就是因為妳總是這樣，所以才讓我更加地無法認同……不過，我終究是輸給了妳。」

在喝了一口茶，潤一潤喉嚨之後，喬瑟特喃喃自語般地向我說道。她似乎很疲憊的樣子，嘆了一口氣，用手扶額，繼續說道：

「如果是實力差距而輸的話，那我也只能接受。雖然我很討厭妳，但因為妳是貨真價實的大才，輸給妳也是無可厚非的一件事……坦白說，我不敢相信妳會輸給蕾妮，其實我希望妳能夠獲勝。」

「妳是在說蕾妮比我還要更討人厭嗎？」

「不是那樣的……我不是討厭蕾妮，只是我不擅長與她相處罷了。」

「這我知道。」

愛多管閒事的蕾妮，總是會插手一切的問題，因此常常與遵守紀律、認真踏實的喬瑟特起衝突。

最初的爭執是她們剛進入聖域，做為巫女候補生時。

過去的喬瑟特，比現在更重視規定，只要看見令人不悅的事物，就會極力去糾正。

處在那樣的狀態下，必定會發生糾紛。以蕾妮聽到什麼問題就會立刻衝到現場的個性，她們兩個怎麼可能會沒有發生任何事情？

然而，我能夠理解她對蕾妮心生厭惡的想法。不過，她不喜歡蕾妮，並不是出於惡意。

「蕾妮總是哭哭啼啼，又愛多管閒事，即便遭受他人的酸言酸語，也絲毫不退縮，我並不討厭她哦。只是看到她那樣子，會有點受不了罷了。所以……我不希望她成為巫女。因為她成為巫女，只會遭到不幸。」

「……這話是什麼意思？」

突然聽到喬瑟特輕聲嘀咕的字句，我不禁皺起了眉頭，直勾勾地盯著她看。

蕾妮成為巫女，會遭到不幸？為什麼會這樣說呢？

「……這就是接下來要談論的正題，也是我叫妳過來的原因。」

喬瑟特直視著我，並調整了坐姿。在察覺到那樣嚴肅的氛圍後，我也不由自主地正襟危坐。

「我們法露娜家族的始祖一直有個夙願。為此，我們家族必須從中選出一名巫女。」

「是關於家族榮耀之類的話題？」

「這可不是一般的小事啊。法露娜家族知曉龍都的統治家族——艾爾加登家族所隱藏的真相。那個祕密，與我們息息相關。」

「……市長他們所隱藏的祕密？」

「……該不該告訴妳呢，老實說，我根本就不知道。雖然妳不應該知道這一切，但我覺得如果現在不告訴妳，之後我可能會感到後悔。所以，瑟絲卡，我決定將這個選擇權交給妳。」

「……到底是什麼事，需要這樣再三強調？」

「如果妳不打算聽的話，我就不說了。如果妳還沒有做好覺悟的話，就不應該知道。」

我用認真的眼神盯著喬瑟特。凝視著她的臉一段時間後，我嘆了一口氣，試圖讓自己冷靜下來。

「……為什麼妳會認為我應該知道？妳是基於什麼樣的理由？這個真相對蕾妮來說，是很不利的嗎？」

「老實說，我對蕾妮並不是非常的瞭解，與她的交情比與妳相處的時間還要來得短，與她之間也不是那種可以干涉她生活的關係。但是，我已經知道她接下來必須面對什麼樣的問題……對她而言……我認為這是一件非常殘酷的事情。」

「……喬瑟特，妳希望我怎麼做？」

「我只是想讓妳知道。在瞭解了一切之後，就算妳試圖要殺了我，我也欣然接受。當然，我並不打算死，所以我會拚命地抵抗。」

「到這地步？」

「嗯，沒錯。」

就這樣，我們陷入了沉默。我閉上雙眼，慢慢地調整了呼吸。

不知道經過多少時間，究竟是短暫，還是漫長？我根本就搞不清楚。但靜下心來思考，是必要的。

「告訴我吧，喬瑟特。我想知道是什麼樣的內容，需要我做出這樣的覺悟。」

在聽到我的答案以後，喬瑟特靜靜地點了點頭。然後，她調整了呼吸，開口說道：

「相傳承襲巫女之血脈的法露娜家族，以及擔負整座城市市政的艾爾加登家族，他們所隱瞞的真相是——」

喬瑟特緩慢地編織著話語，確保能夠將一切傳達清晰。

在聽完「那段內容」以後，我——先是難以理解，停止了思考，甚至無法梳理思路。

但是一旦試圖理解喬瑟特所講述的「那段內容」以後，這番話像是滲透了我的內心。

一旦情況變成了那樣，就再也一發不可收拾了。我怒氣沖沖地站了起來，推倒椅子，走向喬瑟特。

用力抓起了她的衣領，讓她被迫強行站起。

「……是怎樣啦、是怎麼一回事？別開玩笑了！妳們……居然隱瞞這個城市的所有人!?到底是從什麼時候開始的!?」

「……從巫女改為現在的選拔方式之後開始。也就是從創立法露娜家族的創始人，輸給了艾爾加登家族的政治鬥爭，而被罷黜巫女的位子之後……」

「那已經是幾百年前的事了！幾百年來，妳們……居然一直隱瞞大家!?」

「……是的。」

「妳再說一遍！當著我的面前說清楚啊！這不是真的吧……？」

我更加用力地緊抓著她的衣領，並向她追問。

喬瑟特根本不敢正視我，繼續緩緩地開口：

「——守護龍魯德貝基亞大人，已經不在人世了……」

……再一次被告知這個事實，讓我不禁感到力不從心。

被我鬆開衣領的喬瑟特，輕咳了一聲，與我拉開距離。

「……守護龍大人已經不在人世了，這是怎麼一回事？如果是這樣的話，巫女又是什麼？」

「巫女的力量是守護龍大人所賜予的，比誰都還要貼近、依偎在守護龍大人的身邊，是守護龍大人唯一應允的代理人。然而，守護龍大人無法抵抗自己的壽命。而且當時掌管市政的人們之間，也產生了意見分歧。」

「……產生了意見分歧啊。那是怎樣的不一致？」

「到底是要公布真相，大家全力一起去尋找新天地呢？還是在守護龍大人死後，利用祂的遺骸繼續維持著守護龍大人所留下的這片土地呢？法露娜家族的創始巫女，主張尋找新天地，而艾爾加登家族則是主張利用守護龍大人的遺體維持龍都運作。」

「巫女的意見沒有被採納嗎？」

「是的，不，準確來說是被欺騙了。以前，守護龍大人的巫女只有一位，而且是由祂親自選擇巫女，並不存在現在的巫女候選人制度。即便想要尋找新天地，也會被以僅倚靠一位巫女太不安了，來反駁這一切。」

喬瑟特緊緊地握住了拳頭，沉重地訴說。

「然後，那些人想出了一個策略，那就是利用守護龍大人的屍骸，將候補生養育在聖域的環境之中，並培養成為其力量的容器。」

「妳怎麼會說巫女是被騙呢？」

「當時的巫女年事已高，抵擋不住歲月的摧殘。艾爾加登家族將親手培育的巫女候補生，認定為繼承人，並主張前往新天地還太早，便開始注重於培育新的候選人。然後，艾爾加登家族將那些巫女候選人，據為己有，要求她們必須與自己的意見一致。等到退休的巫女意識到這件事的時候，早已失去了發言權。市政的方針就這麼一直被艾爾加登家族所掌握，一味地以培育巫女為名，消耗守護龍大人的遺骸，來維持現狀。至今依然沒有改變……」

聽到這裡，我幾乎渾身無力。

這座城市在守護龍大人的庇祐下，不必離開也沒有關係。只要維持現狀就可以幸福地生活下去，人們一直以來都是被這樣教導。

我一直以為這是在這座城市生活必須遵守的規定。

但這樣的規定並非是絕對的。本應守護這座城市的守護龍大人早已離世，祂的遺骸僅僅只是為了延續這座城市的運作，而不斷地被人們消耗。

「妳真的認為這件事是可以被允許的嗎……？」

「妳能夠明白的吧，瑟絲卡。」

「什麼意思啊！」

「不是每個人都能夠輕易放棄現在的生活。」

面對喬瑟特所指出的事實，我一下子啞口無言。

在這座龍都生活的人們，當然會認為這一切是理所當然的。誰會願意放棄現有的安定生活呢？我深切地體會這一點。

「所以，我希望法露娜家族能夠重返巫女之位。只有以巫女的身分主張前往新天地，才能夠壟斷艾爾加登家族的獨權。當然，我也曾經想過強行奪取巫女之位。但是，這麼一來，這座城市只會引起暴動。」

「……內戰？」

「是的，這座城市不斷地流失資源，進一步的鬥爭只會導致災難，還會在人與人之間留下禍根。一旦發生內戰，就再也無法追求新天地了，整座城市都會走向毀滅。因此，要公布這個真相，就必須建立起屹立不搖的權力……」

「但妳們失敗了對吧。而且這麼重要的力量，要是先乾涸了，那又該怎麼辦？」

「……到時候，我只能接受自己的力量不足，然後迎向毀滅了吧。」

「別開玩笑了！」

「我沒有開玩笑。全都是真心話。」

喬瑟特露出了自嘲一般的笑容。

她想起了自己敗北的原因，不禁緊咬住自己的嘴脣。

「……我原本以為妳贏了的話，或許會認同我們的夙願。因為妳看起來像是不接受這座城市的現狀。即便如此，我也不想輕易就敗給妳，只是我單純的意氣用事罷了。」

「喬瑟特……」

「可是，妳也輸了。偏偏讓對巫女抱持著夢想的蕾妮成為了下一任巫女。我無法想像她會受到多大的打擊。此時此刻，她也已經知道了真相吧。」

蕾妮如果知道了這個真相，她會變成什麼樣子？一定會很受傷吧。明明她一直在追求著夢想，但夢想的背後，竟是這樣殘酷的故事，她肯定會無法接受。

「事到如今，妳才告訴我這件事！妳為什麼不早點告訴我啊!?」

儘管提出了心中的疑問，但我也能夠理解，喬瑟特不能隨意說出的原因。絕對要避免發生內戰，這一點我也認同。

但我的心情仍然無法平復。

因為喬瑟特什麼都沒有告訴我，所以才會變成這樣吧，如果她早點告訴我這個真相的話，我可能竭盡全力，也會阻止蕾妮的勝利。

「這都是我的責任。因為我太弱小了，所以才會想要仰賴妳們。」

「……妳還真狡猾，喬瑟特。」

她都說到了這個份上了，我還能說什麼。在這裡指責喬瑟特，也得不到任何的好處。

現在被告知這些又能怎麼辦？下一任的巫女已經確定是蕾妮了。試著想像一下，如果她知道了真相，會變成什麼樣子？

想必，她的內心一定會非常受傷，但仍然會接受巫女的職責，為了不辜負他人的夢想。

「……喬瑟特，守護龍大人早在很久以前就離世了嗎？」

「是的。」

「那麼，守護龍大人留存的力量，到底還剩下多少？」

「我不知道……但。」

「但？」

「……父親曾向我提起，到了我們這一代，可能是最後的機會了。」

聽完喬瑟特所說的這番話，我不禁閉上了雙眼。

這意味著就算什麼都不改變，這座城市終究還是會迎來終結。

蕾妮很可能會成為這座樂園最後的守護者，當城市的延續無法實現之時，這份責任，又將由誰來背負？

「……瑟絲卡，妳打算去哪裡？難道……？」

正當我準備離開房間時，喬瑟特叫住了我。儘管我察覺到她的聲音在微微地顫抖，但是我已經沒有心思去擔心她了。

「——我要去艾爾加登的宅邸。我得去找蕾妮。」

究竟蕾妮是抱持著怎樣的想法，在追逐著夢想？

我一直在她的身邊守護著，所以我非常清楚。

接下來，她會有怎樣的想法，又會做出怎樣的決定？

她總是把他人看得比自己還重要，只要那人能夠幸福，自己怎麼樣都無所謂。

這樣如此殘酷的真相，在她面前表露無遺，豈不是太過分了嗎？

「──我不是為了讓蕾妮成為祭品而支持她的……！」

要是蕾妮不能夠好好地珍惜自己，那就必須有人代替她去珍惜吧。

所以我必須去到她的身邊。

我的背後傳來了喬瑟特的呼聲吶喊。

但是我絲毫不理會，毅然決然地狂奔而去。

我奔出屋外時，天空被烏雲籠罩，彷彿隨時都會下起雨來。

第五章　相遇與離別

巫女是守護龍大人的代理人，負責代替守護龍大人履行各種事務。她浸身在龍泉之中，積蓄力量，然後將這股力量，灌注在這座城市上。

就像作物結實一樣，守護著這座城市不受任何威脅的靠近。為大地灌溉活力，在城市周圍布下結界。這種感覺能讓我感知到外面的世界。

從龍的眼中看世界，就能夠理解為何這座城市會被稱作「樂園」。

「就算藉助了守護龍大人的力量，這座城市所維持出來的樂園，也已經盡全力了……」

如果再擴大範圍，效率就會變低。因此，為了讓這座城市繼續延續下去，結界的範圍受到了限制。

守護龍大人力量無法觸及的世界，其後延伸的是──一片乾涸的荒野。

沒有綠色的果實，只有裸露的土地，以及岩石。

生命的氣息稀薄，這是一個充滿貧瘠與荒蕪的世界。

對於這座被稱為「樂園」的城市，她堅信不讓任何人走出外面，是正確的選擇。

在守護龍大人庇佑下，是否能夠離開這片土地，去尋找新天地？

一旦看過了外面世界的光景，許多人可能會產生這樣的想法。

所以，當時的人們選擇了繼續維持這片樂園。

「……因為那樣的話，大家都能夠幸福。故事簡單明瞭。」

以犧牲一名巫女，來換取整座城市所有居民的安居樂業。這座城市就會這樣一直延續下去。

那麼，這樣就足夠了。我只要履行巫女的職責便可。

如果說，這就是那人成為巫女的宿命，我也已經做好了接受的覺悟。

——就算那只是即將幻滅的夢幻般泡沫。

（守護龍大人遺骸中所殘留的力量，已經開始露出底端。）

與人類相比，即便力量龐大，如果長期供給土地的話，消耗也是如此巨大。

而逝去者的力量，將永遠不再增加。

只能慢慢地磨損剩下的力量。已確定的結局，正逐漸逼近。

「……但，如果是我的話。」

諷刺的是，我最擅長的莫過於在自己身上包覆「鱗之形態」。

若將「鱗之形態」加以應用，便可以抑制住流逝的力量。

雖然這是一種試圖強行堵住流川的魯莽行為，但總比什麼都不做要來得好。

再加上適當分配力量給土地，或許可以讓力量維持再更久一些。如此一來，結局或許可以會再推延一些。

（……十年的力量，居然這麼肆意流淌。不過，如果我全力控制的話，應該還可以撐三十年吧，但即便留下了這麼長的時間，又能做些什麼？）

龍都魯德貝基亞，曾是一片幸福的土地。

但對於那些沉浸在幸福之中的人們，又要如何告訴他們，這片土地的恩賜即將耗盡？

他們肯定什麼也做不了，甚至可能也不知該如何是好。

外面的世界已枯竭不堪，去尋找新天地，似乎也不是個好的選擇。

話雖如此，如果繼續按照巫女的身分行事，也只能迎來結局的到來。

既然如此，現在我能夠做的事情是……

「……蕾妮。」

突然，注意到了琉月正注視著我。

「……怎麼了，琉月？」

我向琉月這麼問道，她似乎想說些什麼，嘴角卻顫動不語。

就在她終於要開口時，突然傳來一道更大的聲響。

「緊、緊急情況！」

一名驚慌失措的士兵跑了進來，他氣喘吁吁地向琉月報告。

「現在有人企圖強行闖入這裡，我們正在與之應戰！」

「什麼？到底是誰？難道……是法露娜家族的人？」

「不、不是……對方只有一人……」

「只有一人？……難道！」

「難道是瑟絲卡？」

當琉月睜大雙眼地向他詢問，士兵用力地點點頭。

「瑟絲卡……怎麼會……？不，先別管了。如果是瑟絲卡的話，我們的士兵恐怕不是她的對手！」

「是、是的。所以……市長想請求巫女大人，能夠去幫忙處理襲擊者。」

「你是說，讓蕾妮去制伏瑟絲卡？」

琉月向士兵確認，士兵顯得有些戰戰兢兢地點點頭。

琉月露出了為難的表情，但很快地，她搖搖頭，轉過身去準備前往入口。

「不必勞煩蕾妮，我來處理。」

「琉月，不勞煩的。」

我叫住了正要前往入口的琉月。然而，她轉過身，回頭望著我，臉上卻露出了我從未見過的痛苦表情。

「蕾妮……對手可是瑟絲卡哦？」

「那又如何，這樣就會改變我應當做的事了嗎？」

面對我的質問，琉月一言不語。我從泉水走出，甩掉身上的水滴，同時震起一股靈氣的波動。

琉月警覺性地護住身子，迎向這股靈氣的餘波。前來報告的士兵，也被嚇得腿軟，目瞪口呆地盯著我。我向他們瞥了一眼，然後靜靜地宣布。

「——把我的劍拿來。」

瑟絲卡，對不起。無論出於什麼樣理由，我不能讓妳進入這裡。

＊　＊　＊

艾爾加登家族的宅邸面前，士兵們屍首遍地，堆積如山。

而站在中央的，正是瑟絲卡。

「——所以我說，快把蕾妮交出來！」

或許這是我第一次聽見，瑟絲卡那如此絕望的聲音。

她不掉以輕心，手中緊握著槍，表情扭曲得前所未見，彷彿怒火中燒的樣子。

市長一直保持警戒，觀察著瑟絲卡，他瞇起了雙眼，低聲嘀咕。

「真是一股令人震懾的氣魄。若是她在選拔時展現出這樣的氣魄，獲勝的結果可能就不同了……」

「不管是誰勝誰負都不足為奇。因為瑟絲卡真的很厲害。儘管如此，成為巫女的人是我。」

我站在市長身旁如此說道，然後，他將目光瞥向了我。

接著，他確認了我的姿態，露出一抹令人滿意的笑容。

「這真是令人欣慰。那麼，請您履行您的使命吧！巫女蕾妮。」

在市長的指示下，我點點頭，觸摸著他們遞給我的雙劍劍柄。

士兵們注意到了我的存在，紛紛轉向我看去。如此一來，瑟絲卡也自然注意到了我的出現。

「……蕾妮？」

激動的怒火稍稍平息，她反而以一種困惑的眼神看著我。

突然，我不禁閃過這樣的念頭，在她的眼裡，是如何看待現在的我？

「夠了，瑟絲卡，停下吧。」

「只要妳回來的話，這件事就能夠有所了結。蕾妮，我們回去吧。」

「……回去？」

「妳根本就不需要成為什麼巫女這種荒唐的存在。」

聽到她的話語，我不禁斂聲屏息。

瑟絲卡也知道了那個真相？不曉得她是從誰那兒得知的消息，若是如此，她會如此勃然大怒，也是情有可原。

「……妳是從誰那兒聽來的？」

「不管是從誰那兒聽來的都一樣！趕緊跟我回去！」

「那可不行，瑟絲卡小姐。」

市長站在我背後，向瑟絲卡說道。她以銳利的眼神向市長一瞥，如同箭矢一般射穿他的行為，她再次展露出怒火。

「妳的行為甚至可以視為對這座城市的叛亂，別再做這種愚蠢的行為了，像妳這般優秀的孩子，不該為了這種事而有所損失。」

「你竟然還敢說出這種話，你們都已經全部知道了，卻還是要繼續這場鬧劇？」

「呵，鬧劇是指？」

「你們一直在隱瞞巫女和守護龍大人的真相，以及艾爾加登家族過去幾百年來的所作所為！」

「是喬瑟特小姐告訴妳的吧？真是的，法露娜家族也該停止固執己見的想法了吧。他們竟然企圖毀掉這麼年幼且年輕才華的一個天才，究竟在想些什麼？」

「虧你還敢講出這種話……？」

瑟絲卡身上不祥之兆的靈氣越發強烈，即便如此，市長卻笑容依舊。

再這麼說下去，事情只會越演越烈。於是，我站在市長之前，邁出一步，面對著瑟絲卡。

「……瑟絲卡。」

「蕾妮，妳也全都知道了吧？艾爾加登家族究竟都做了些什麼，這座城市是如何維持的，妳也全都知道了吧？」

「……不知道就好了。」

「是啊，我打從心底也是這麼想的。」

這簡直是令人作嘔，瑟絲卡面露極度不悅的表情。

話音剛落，她試圖向我靠近，但我卻對她投以制止的話語。

「瑟絲卡，該回去的是妳。」

「……蕾妮？」

「回去吧，瑟絲卡……我要留在這裡，履行巫女的使命。」

我直勾勾地盯著瑟絲卡的雙眼，平靜地對她說道。

聽到我的話語之後，瑟絲卡倒抽了一口氣，身體搖搖欲墜，不敢苟同。

然後不禁閉上了雙眼，倒抽了一口氣，緩緩地道出一句：

「妳真的知道自己在說什麼嗎？之後會發生什麼……妳真的能夠明白？」

「嗯。」

「妳只是被利用了對吧？妳所渴望的美夢什麼的，全部都是假的！」

「嗯。」

「即便如此，妳還要守護這樣的城市!?這不就等同於是在背叛自己!?」

「即便如此，我也必須要守護這樣的城市。的確，我所追求的夢想與理想，根本就不存在……」

面對情緒激動的瑟絲卡，我雲淡風輕地回應著她所說的這番話。

這次的情況，我們的角色似乎有所互換。平時我總是生著氣，瑟絲卡則是擺出一副淡泊的態度。

正因為如此，我才意識到自己有了改變。

我們再也回不到過去。無論有多麼地不情願，我們都不得不承認這個事實。

「雖然我所渴望的一切，全都是假的，但那些真心祝福我成為巫女、對一切毫不知情的人們，是這樣滿心期待著明天的到來！所以，我必須成為巫女。這是眾所期望的結果，所以，我選擇了這一條道路。」

「那不是妳所渴望的巫女吧！是為了城市的居民？那只是粉飾太平的謊言罷了！就這樣什麼也不說，犧牲自己來成就這一切？我可不是為了讓妳成為這種存在而支持妳的啊！」

瑟絲卡氣憤填膺地怒吼著。

她所述的一字一句，都在我內心深處，引起了強烈的迴響。

如果我也能夠說出「我也深有同感」，那該會有多輕鬆。

「就算妳承襲了巫女的身分，那也只是暫時的！並非永恆！」

「……原來……妳全都知道了。」

「蕾妮，妳……該不會……」

「永遠的幸福，美好的世界，原來根本就不存在啊……」

「既然如此，妳能夠明白的對吧？」

「就算這樣，這一切也並非可以輕易說拋下就隨便拋下的啊！」

「別痴人說夢了！我們必須去改變這一切！就算這個地方很重要，也不該以犧牲他人的方式來維持這座城市的現況！」

「並非所有人都能夠像妳一樣強大！」

「難道就應該把這一切全推給妳？讓妳背負起這座城市所有人們的性命？這樣的行為，根本就是錯的啊！」

「那麼，對於不能夠改變的人，妳是在告訴他們只能死去了是嗎？正因為無法改變現狀、無法得到幫助，他們不也是很無可奈何？」

「不是這樣的！打從一開始，這個世界本就不該由妳去背負起這麼重大的責任！所有人都應該知道這個真相！然後……再共同做出決定才對吧!?」

「正如妳所說的那樣，或許這座城市目前的現況是錯的。即便如此，只要有一人去背負這一切的話，大家都能夠享有幸福；那樣的話，只要有人去背負就好。」

「我就知道妳會這樣說，所以才前來阻止妳！這只不過是將一切的責任都推卸給妳罷了！把所有的不妥之事，全都隱瞞起來，僅挑選自己的有利之處，利用他人的行為罷了！」

「……就算這樣，我依然喜歡這座城市。瑟絲卡，我無法親手毀掉這座城市所擁有的幸福啊！」

此刻，我是否能夠對妳面帶微笑？對著妳說出「不辛苦哦」的這番話。否則的話，妳就會忍不住為我操心，我希望妳能夠收手。一旦我有了這樣的想法，就已經不要緊了。

所以，拜託妳快離開、放棄吧。就這樣，不再為我操心，趕快回去，忘了我吧。

「這……妳根本就沒聽懂！算了，就算是硬著頭皮，我也要把妳給帶回去……！」

瑟絲卡依舊陰沉的表情，握緊了長槍。

看到她這副模樣，我的胸口突然襲來一股撕心裂肺般的痛楚。

以前，在和瑟絲卡對峙時，無論何時，我都會感到很開心的。

然而現在，我的心，卻變得如此乾涸。
只感到艱辛、悲傷，以及痛楚罷了。
「妳認為妳能夠做到？把現在的我給帶回去？」
我把手伸到了劍鞘上，拔出雙劍。
抽出劍的同時，我讓寄宿在體內的力量湧現出來，彷彿在向她展示一般。
將靈氣以「鱗」包覆全身。這種感覺早已變得如呼吸一般一樣熟悉。
只不過，與以往不同的是靈氣的質量和氣量。
「蕾妮……！」
瑟絲卡的額上冒出了冷汗，向後退了一步。看著那樣子的她，我不禁感到一絲寂寞。
即便是被譽為比誰都還要強大的她，此時此刻，也看起來像個孩子一般。
成為巫女的意義，就是擁有守護龍大人的力量。
每當實際感受著這股力量時，我的心都會被磨損，變得乾涸。已經什麼都感受不到了。
所以，我也不再迷惘。閉上雙眼，戀戀不捨般地斂聲屏息。
再次睜開雙眼時，對瑟絲卡的情感，以及一切，全都拋到九霄雲外。

「別再做無謂的掙扎了，無論是公布這座城市的真相，還是忤逆身為巫女的我，皆不容許！如果妳一定要這樣——那麼，哪怕是妳，也改變不了即將迎來的終結之日！」

「——蕾妮啊!!」

她彷彿爆發憤怒般地咆哮著。

以一種似乎將失去身影的速度逼近，隨即釋出了「牙」。

過去的我，必定是躲避或是抵擋住這樣的一擊。但就在那剎那間，我僅僅只是隨意地擺動手臂，就輕易地化解了那樣的一擊。

「什麼……!?」

「……沒用的。」

現在，包覆在我身上的「鱗」，遠遠凌駕於過去的我。

那種堅硬度，以及密實度，都足以彈開瑟絲卡的「牙」。

而若是將這種如此強大的「鱗」，轉化為身體的輔助，又會有怎樣的變化呢？

我用力往地面一踩，以迅雷不及掩耳的速度，向瑟絲卡逼近。

就在千鈞一髮之際，她立刻做出了反應。劍與槍交錯在一起。

「唔……!?」

「沒用的。」

我一氣呵成地強行將瑟絲卡的槍彈開。反彈的衝擊讓我的手感到有些麻痺。

瑟絲卡帶著痛苦扭曲的表情，退後了幾步，與我拉開距離。

她重新調整戰鬥的姿態，雙手再次握緊了槍。

儘管她的眼神充滿了詫異，但仍然能看出戰鬥意志尚未減弱。

「瑟絲卡，這就是成為巫女的意義所在。」

「這是……守護龍大人的力量？」

「是的，我的『鱗』……已經無法被妳的『牙』所貫穿。」

在說著這番話的同時，我緩緩地走向瑟絲卡。

就在我向她接近前，瑟絲卡發動了「牙」，但我輕巧地用手掌擊飛，化解了攻擊。

「是否沒用，不試試看，怎麼知道！」

瑟絲卡再次向我猛衝了過來。我以雙劍迎擊長槍鋒利的一擊。

瑟絲卡以誓死的氣勢，發動了令人無法喘息的連擊。

我竟然在她的所有攻勢中，找出了對應之道。

在盡情發揮的巫女選拔戰中。

彼此都帶著比那時更強烈的氣魄，瑟絲卡揮舞著長槍。

如果那時的她，也能有現在這般的魄力，毫無疑問地，我肯定會輸。

然而，我卻輕而易舉地，彈開了她的所有攻擊。

每一次與瑟絲卡的槍交錯時，彷彿有一股空虛感，在我心中逐漸積累。

「沒用的。」

「閉嘴……！」

無論我說了多少次沒用，瑟絲卡似乎都不願放棄。

我不禁被她的姿態所吸引，緊咬著嘴唇。

像是在試圖突破微小的空間一樣，瑟絲卡零距離地釋出了「牙」。

「看吧，沒用的。」

「……起碼造成妳輕微的傷害。」

「……也是呢。」

我手臂上留下了像被抓傷似的痕跡。

血液從傷口之中滲出，逐漸地流淌滴落。

我肆意地舔拭著那些鮮血。

即便我做出了暴露破綻的大舉動，瑟絲卡也沒有朝我發動攻擊。

「那又怎樣？這種輕微程度的擦傷，能有什麼影響？」

「……」

「瑟絲卡，妳明白的吧。無論妳做什麼……都是沒用的。」

「閉嘴!!」

瑟絲卡氣喘吁吁，肩膀顫抖，放聲大喊著。

我無法看清她微微低下的表情變化。

「誰讓妳說出這種話的？這根本就一點也不像是妳！這樣做，妳真的能夠感到滿足？」

「……」

「蕾妮，回答我……回答我啊!!」

瑟絲卡一邊對著我大喊，一邊朝我衝了過來，攻擊猶如暴風雨般地猛烈。

我彈開了她的一擊，同時看著她的臉。那一刻，我不禁屏住了呼吸。

那樣的瑟絲卡，正在哭泣。

「……夠了，好嗎？」

「我要妳回答!!」

「夠了吧。」

「明明妳也知道的！妳的力量並非永恆！就算讓妳背負起這份力量，最終力量也只會耗費殆盡罷了！就這樣，這座城市停滯不前，也無法前行！如果守護龍大人的力量正如妳所說的那樣，如此的尊貴；那麼，僅僅只是消耗這樣的力量，那根本是錯的吧！」

「但瑟絲卡，決定這一切的，並非是妳，而是這座城市的意志！」

「什麼也不知道的情況下，讓那些人做出選擇!?他們根本就沒有任何的資格，也沒有任何的權利能代表這整座城市的意志！我才不想聽妳這種詭辯！妳真的認為……這是正確的嗎!?」

我能夠輕易將瑟絲卡的所有攻擊彈開，但我的身心靈卻感到劇烈的痛楚。

守護龍大人的力量正侵蝕著我的身體，而瑟絲卡所說的話語，則刺穿了我的心。

我不禁咬緊牙關，就連臼齒似乎都快要斷裂似的。

然後，我又一次用力地將瑟絲卡的槍彈開，對著她怒目而視。

「我認為這是正確的。」

「這根本就不是妳所渴望的理想吧！」

「即便如此，我仍然認為這是正確的。」

「即便遭受到這樣的對待，妳依舊認為試圖守護這座城市是多麼正確的一件事!?」

「那麼，妳是想這樣告訴我，讓我拋下一切，對於這樣的城市放任不管？無視那些什麼也不知道，僅僅只是笑著度過今天、明天的人們，親手毀掉他們享有的幸福!?」

這一次，我向瑟絲卡逐漸逼近，發動攻擊。

我用雙劍猛烈地砸向瑟絲卡，將她逼退到後方。

然後繼續硬推，迫使她繼續往後退。

「妳說我應該這麼做、認為這是錯誤的，妳真的這麼認為？妳真的希望我這樣認為？如果是的話，那就算了吧。不管是理想，還是夢想，一切全都拋下就好？明明……大家都曾為我成為了巫女，綻放笑容！」

就像瑟絲卡所說的一樣，或許只是一條犧牲自我而最終走向盡頭的道路。但如果犧牲自我，這座城市便能夠得以救贖。

即便那些宛如美夢一般的日子終將逝去，那個結局也依舊在前方等待著。

這裡沒有人會死去，也不會有任何失去，這份幸福會持續下去。

我所追求的夢想與理想，只不過是改變形式罷了。

無論真相有多麼殘酷，即便看不見我所期望的景象，伸手不見五指。

只要我能夠保留著那份培育我成長的幸福，便已足夠了。

「我不願為了得到自由而奪走所有人的幸福。哪怕只是成為某人一廂情願的犧牲品，那也無妨。畢竟，在那之中，也包括了妳。」

「——」

「所以請妳不要再說出什麼『不要揭露真相』之類的話了。沒有人會希望把真相公布於世。一旦被知曉，只會引起人們之間的互相鬥爭，那樣的負擔，我承擔不起……！」

活下去，我只希望妳能夠活下去。

即便沒有夢想，以及希望，但這個世界確實存在著幸福與溫暖。

不需要改變，還是受傷，更不需要承擔任何東西。

僅僅只是希望沉浸在這充溢的幸福之中，永遠地綻放笑容。

哪怕這個世界裡，我不再存在。

比接受某人的失去要來得更好。

所以，現在，我能夠清楚明白，自己應該要做的事。

我彈開了瑟絲卡的槍，彼此保持相當大的距離。

瑟絲卡倚仗著槍，佇立在那裡，呼吸急促，手也在微微地顫抖。

我凝視著她這樣的模樣，然後靜靜地對她說道：

「瑟絲卡，用盡妳的全力釋出『牙』吧。在這裡，妳如果做不到這一步，我覺得妳不會明白的。即便這樣，妳仍然無法觸及的話，就請妳放棄吧。」

因為我已經接收到了瑟絲卡一切的情感。所以，希望妳能夠原諒我。

妳在瞭解到真相之後，依然為了我而奔赴前來。

在我被這無可奈何的現實所打擊時，妳對我說「根本就不需要成為什麼巫女這種荒唐的存在」。

這已經足以救贖我了，因此，我也已經感到心滿意足。

瑟絲卡，對我而言，妳是我最好的摯友。

在這座城市能夠與妳相遇，才促使我能夠走到這一步。

即便這個最後的到達點，並非是我們所期望的那樣，甚至連我們日積月累的那些時光，也終將變得毫無意義。

所以，就讓我們以下一次的攻擊做個了結吧。用妳的全力一擊。

「——蕾妮。」

「——瑟絲卡。」

我們總是這樣，彼此面對著。

妳緊緊握住手中持有的長槍，我則交叉擺放著手持的雙劍。

就連呼吸的間隔，也都重疊在一起。

因此，我也能夠理解，彼此之間的心意有多麼相通。

僅於一瞬間，傾注所有的思念。

——光芒迸發。

宛如再次重演。瑟絲卡的槍在空中飛舞。

槍扎進了地面。她四肢無力，癱倒在地上，就像被拋下了一般。

呼吸難受地反覆喘息，胸腔上下起伏。

而我把劍指向了那樣的她。

「……我贏了，瑟絲卡。」

「……蕾妮。」

「所以，請妳放棄吧。不再需要掩蓋，也不必再去做出什麼改變。和昨天一樣的

今天終會來臨，而明天也會和今天一樣到來。讓大家笑著，度過生活，無需悲傷的

世界就在那裡。我會……一直守護著它。」

妳，比我還要脆弱。所以，拜託妳了，瑟絲卡。

「妳和這個世界，都會由我來守護——所以，請妳不要再阻攔我了。」

瑟絲卡不再說任何一句話，而我也沒有再多說些什麼。

我把劍重新收回劍鞘中，背對著瑟絲卡，開始朝著應該返回的地方走去。

此時此刻，市長笑容滿面地走了過來。

「真是表現出色，巫女蕾妮……那麼，您決定好了嗎？」

「決定什麼？」

「是關於瑟絲卡小姐的事。難道，您就這樣打算放任她不管？」

「有什麼問題嗎？」

「她得知了不該知道的事，為了守護城市的安定，我想，是否應該對她予以懲處呢？」

「不需要任何的懲處。」

「哦？」

「——因為我已經給予她懲處了。」

我相信瑟絲卡不會向任何人透露這件事。她應該是最能夠理解我所施加懲處的含義。

但我也明白，正是因為相信，我的心才會如此地撕心裂肺。而這種痛楚，也將漸漸地變得模糊不清。

而源自身體深處湧現的這股力量，讓我將這份痛楚漸漸地淡忘。

「瑟絲卡。」

突然間，我用一種幾乎無人能聽見的聲音，呼喊著她的名字。

那是無意識的舉動，即便聲音無法傳達給她，但我卻克制不住地呼喊著。

「瑟絲卡。」

我的痛楚被身為巫女所賜予的力量給淹沒。

宛如有人在向我傾訴，我不必承受這份痛苦似的。

我的存在彷彿正在被重塑成一名巫女一般。

那樣也好，因為那是我所做出的決定。

因此，我並未停下腳步。

「瑟絲卡。」

我一遍又一遍地，呼喚著她的名字。

在我的前方無人、也不會有人與我並肩同行。那樣也好。

即便視線變得模糊不清，看不清周圍的一切，也無所謂。

在腦海中，浮現出了一句話語。

「說出口，該說出口啊。」彷彿另一個我在腦海中，輕聲細語。

不說出口的話語，就會一直這樣下去。

所以，我應該說出口。

「──再見了。」

我能夠立即想起與妳一起走過的那些日子。

閉上雙眼，回憶在眼底下，不會消逝，依舊留存。

那些回憶，驅使著我繼續前行。

我將成為巫女，做為守護龍大人的代理人，守護著這個世界。

即便這與我所期望的有所不同，但這也是我所背負的責任。

「　這裡是千年城市。由龍所守護的永恆之都♪　」

像是在傾訴一般，哼唱著這首歌曲。

「今天也是幸福的一天開始♪明天，後天，也依然如此♪」

口中不禁習慣哼唱的，這首歌曲。

「來吧，在豐盛的日子裡，讓我們笑著、跳著，度過生活♪」

那正是我所懷抱過的夢想與理想。

「向守護龍大人歌詠♪表達感激之情、喜悅之情♪」

唱著，唱著，唱著……是為了什麼？

「這裡是千年城市。龍都魯德貝基亞♪我們的樂園啊♪」

——是一首為了我而歌頌的悼念之歌。

＊　＊　＊

——歌聲，我彷彿能夠聽見。

蕾妮經常哼唱的，大家都能夠記住的，習慣哼唱的那首歌曲。

一首象徵這座城市的現況，平淡無奇的歌曲。

——瑟絲卡！

彷彿聽見有人在呼喊著我的名字。

仰望著天空，厚重的雲層陰沉籠罩，很快就要下雨了。

「……蕾妮。」

雖然有人呼喊著我的名字，但我卻無法看見她的身影。伸出手也勾不著，一切根本就不存在。

一股炙熱般的情感從胸口蔓延開來，居然是如此地痛心入骨。

雨未降下，但目光卻如同溼潤一般，逐漸模糊。

「嗚、啊……」

聲音，不斷地顫抖著。這，究竟是怎麼回事？

「啊啊啊、啊啊啊……」

似曾相識的聲音，這是有人在哭泣的聲音。

充滿著痛苦，以及悲傷，如爆裂一般的思念，最終溢出。

那聲音正是由自己所發出。終於，我漸漸地意識到，原來自己正在哭泣。

「啊啊啊、嗚啊啊、啊啊啊啊啊啊啊啊啊啊──!!」

我像個孩子一般嚎啕大哭，朝著天空嘶吼無法抑制住的思念。

什麼都做不了、什麼也沒有留下。什麼也……守護不了。

究竟是從什麼時候開始，我就走錯了路？要怎麼做才能夠避免誤入之途？

如果當初我做了點什麼──或許就能夠讓她不露出那樣的表情。

我討厭哭聲。聽到哭聲，心裡就會亂糟糟，更重要的是，蕾妮就會忍不住向前關心。

我一直對於這樣的妳感到如此驚訝。為什麼妳的心會如此善良？

那樣的善良，究竟能夠帶給妳什麼好處？我不禁這樣思考著。難道不是為了自我滿足罷了？

為什麼那時我會這樣想呢？現在看來，我已經不能夠再這樣想了。

原來，有人能在我痛苦時伸出援手，那是多麼幸福的一件事。正是因為我深切地明白了這件事。

然而，曾不厭其煩伸出援手的蕾妮，這次卻不再向我伸出援手。

她的手，不再是人與人之間聯繫的橋梁。

而是變得如此寬大無比，甚至將整座城市包覆住。

這不應該是她所期望的理想方式，但是，導致她走上了這一條道路的人又是誰？

——不就是妳，瑟絲卡・科爾內特。

我用無聲的聲音呼喊著。真希望有人能夠用尖銳的話語大力斥責我一番，甚至將我的喉嚨捂住。

就連「不要走」這樣的話語，也說不出口，我的聲音根本毫無價值可言。

第六章　為了「誰」而戰

在打敗瑟絲卡之後，我回到了守護龍大人遺骸所在的泉水之中。

將身子浸泡在泉水之中，只是心無雜念地將守護龍大人的力量注入於大地之中。

當我全神貫注於這項工作時，感覺所有惱人的雜事都能夠全部淡忘。

「蕾妮。」

突然，一道聲響傳來，我睜開雙眼，轉過身去，琉月就站在泉水邊。

「琉月……有什麼事嗎？」

「因為我成為了妳的助手。我的工作就是幫助妳實現妳想要的東西，或是妳想要做的事情，妳有什麼想要的嗎？」

「沒有，其實什麼也沒有。」

「什麼都可以告訴我，不用客氣哦。」

「一點也不客氣，因為我已經沒有任何想要的東西。」

下意識地回答得有些刺耳，因為琉月是艾爾加登家族的人。
雖然我不認為他們的所作所為有什麼錯，但這並不意味著我能夠坦率地與她和睦相處。
更何況琉月問我想要的東西時，我也很困惑。因為我最想要的東西永遠也無法得到，所以對追求任何的事物，也都沒有興趣。
「這樣啊。」
琉月低聲嘟囔，然後在泉水邊，坐了下來。
彼此之間保持著沉默，持續了相當漫長的一段時間，最終是由琉月打破了這般沉寂。
「妳真的沒有任何想要的東西嗎？不管是多麼奢侈的東西都可以哦！做為巫女，妳有權享受一切。」
「就算妳這麼說，我也真的沒有任何想要的東西。」
「——甚至連我的性命什麼的，也都可以。」
在琉月輕聲訴說這句話時，我不禁帶著詫異的表情，朝她看去。
「性命？」
「如果妳對我們無法認同，甚至想要發洩情緒的話，即便將我們折磨得千瘡百孔，那也是無可厚非的。我們是意識到這一點，才做那麼多事情的。至少對我來說，就算被妳殺，我也無怨無悔。畢竟，如果我足夠強大，妳也根本就不必成為什麼巫女了。」

「或許就如同妳所說的那樣吧。」

「我從一開始就知道這一切了。這裡有什麼祕密、巫女必須完成什麼使命，我全都知道。」

「妳從一開始就知道，是指進入培育機構以前？那麼，在妳的眼裡看來，我一直都顯得相當愚蠢吧。」

如果我早點得知巫女的真相，那時天真無知渴望成為巫女，以那個目標為志向的我，定會顯得非常地可笑至極吧。

但琉月卻搖了搖頭，露出一副自嘲和無可奈何的表情，對我如此說道：

「如果妳認為我不配當人，我也可以接受。」

「……什麼意思？妳是想說，妳只會按照我的想法行事？」

「因為那是我的職責所在，我只有成為巫女，或者為巫女奉獻一切，別無其他選擇。所以我會盡可能地滿足妳的願望。」

「……我無法理解。那如果我讓妳去死，妳就會去死是嗎？」

「如果是做為巫女的妳，希望我死的話……」

在我這樣向她問話以後，琉月卻對我淺淺一笑。對此，我不禁眉頭緊蹙。

「妳想死是嗎？」

「……在妳的眼中，原來我還活著。我不明白，活著的意思到底是什麼？心臟在跳動，有呼吸就算是活著嗎？」

琉月似乎在逃避，用反問的方式來回答我的問題。

即便露出了笑容，但這笑容卻顯得十分空虛。

「我認為，活著就是不想死的意思。」

「如果按照這樣的定義，我認為我已經不算是活著。」

「為什麼？」

「如果是巫女希望我去死的話，我會認為那就是我該履行的義務，所以也會甘之如飴地去死。」

「……妳為什麼會有這樣的想法？」

「因為我身為艾爾加登家族的子女。」

琉月帶著一副黏貼上去的表情，淡然地說出這番話。

「這說明得不夠清楚……」

「艾爾加登家族的子女，不是成為巫女的接班人，就會被賦予成為下一任市長，或是迎娶市長妻子的角色。而出生在巫女更迭時期的我，我該履行的義務就是成為巫女，或是幫助巫女實現她的心願，這就是我的全部。」

「……對妳來說，這樣真的可以？」

「除此之外，我能允許有其他的生存方式嗎？明明我從一開始就欺騙了妳……我沒有資格成為巫女的守護者。」

琉月像是理所當然地，接受了這一切，繼續說道：

「所以，我的義務就是實現巫女的心願。不是這樣的話，妳也不會原諒我對吧？我們已經做了這麼多事了，哪怕是欺騙這整座城市，也要讓這座城市得以繼續延續下去。口口聲聲地說，為了某人的幸福著想，同時卻不斷地讓某人遭受不幸。」

「對妳而言，成為巫女是一種不幸嗎？」

面對我的問題，琉月嚥下了口水，黏貼上去的笑靨，也稍微起了一絲變化。

然後，陷入了一陣沉寂，她緩緩地開口：

「……前任巫女大人，晚年就像是個人偶似的，彷彿陷入沉睡一般，靜靜地離世。她悶不吭聲，別無所求，僅僅只是活著罷了。像是沉睡一般離世的那位大人，不抱著任何的希望，這能夠說明這樣的存在，算是活著嗎？即便到了現在，我依舊不明白。」

我能感受到琉月身體微微顫抖，她緊緊抱著自己，對我說道：

「成為巫女是否是一種不幸？除了不幸，還能夠有什麼？」

「琉月……」

「碰巧我出生在巫女臨終時，同時擁有不能夠被人知曉的祕密，只能選擇自己不幸，或者由別人來代替自己遭受不幸。對我而言，我是無法擁有幸福的——因為，我是無法允許的存在。」

琉月付諸一笑，繼續如此說道：

「如果城市無法維持下去，所有人都會遭受不幸，因此必須要有人背負著這份不幸。但是被迫背負著這樣的不幸，實在很不合理對吧？所以，為了稍稍減輕這荒謬至極的事，我願意犧牲自己的性命……因此，其實我真的一點也不希望妳成為巫女……」

不知何時，琉月的笑容變成了含淚帶笑的表情。

「我不想讓曾經綻放過那耀眼燦爛的笑容、對於夢想懷有憧憬的妳，來背負起這座城市的現實。但我卻無法對妳說放棄，我沒有足夠的力量能夠成為巫女，把妳給推開。即便輸給了妳，我也不曾感到後悔，僅僅只是被妳耀眼光芒所迷倒。即便得知之後妳將面臨的痛楚，當時我卻沒能對妳說出任何一句話。因為妳在我眼中是如此美麗，我譴責著自己是多麼冷酷無情。所以，至少要讓我用這一條性命，為妳做點什麼……否則的話，我的人生實在太空虛了。」

對於琉月突然其來的自白，我不知道該如何是好。

我的心中百感交集，繼續聽著琉月的自白。

「雖然我比誰都還要不希望妳成為巫女，但妳卻是最適合成為巫女的存在。妳比誰都還要如此耀眼，璀璨美麗。如果我能為這樣的妳做點什麼，無論是什麼心願，我都可以幫妳達成。這對我而言就是最具生命意義的一件事了。所以——」

「——夠了。」

我打斷了琉月的這番話，我的聲音比我自己所預期的還要沉穩許多。

從泉水邊走向她身邊，坐了下來，直勾勾的眼神凝視著她的雙眼。

「琉月，妳誤會了。妳覺得自己是不被原諒的存在，但我已經原諒了妳。」

「咦……!?」

琉月像是不明白我說的話一般，眨了眨眼睛。

她那被驚愕所占據的表情，顯得不如以往，但我也終於見識到真正的她，不禁對她莞爾一笑。

「確實，你們家隱瞞了城市的祕密，真是過分且殘酷的行為。」

「那樣的話……」

「但是，這是必經之事。如果城市的每個人突然陷入不幸，那會讓我感到非常難過。我能夠自己背負承擔的話，那麼，就由我來承擔這一切吧。」

「蕾妮……？」

「雖然罵妳卑鄙很容易，但如果你們不這樣做的話，我們現在所擁有的幸福日子也不會持續至今。或許這並非是我理想中的願景。但我也不得不承認……正因如此，大家的笑容才會一直延續至今。這一點，我無可否認。」

「……所以妳原諒了我嗎？我並沒有阻止妳成為巫女，也不打算阻止……明知道這一切，我卻還是……」

「但是，我一直有一個讓妳憧憬的美麗願望對吧？那樣的話，也是無可厚非的一件事啊。」

「無可厚非……？」

「說實話，當我得知真相的時候，非常痛苦，幾乎到了絕望的地步。即便如此，我仍然願意背負起這樣的一切。即便夢想未能實現，理想遭到了背叛，但我仍然有想要守護的東西，我不想把這份責任推卸給其他人。」

「蕾妮……」

「我覺得這樣就挺好的。如果我事先知道了真相，我可能就無法變得像現在這樣，如此堅強。那樣的話，就得讓其他人來成為巫女，但那個人未必能夠像我一樣，願意守護這座城市。我寧可不要這樣。」

即使毀滅已不可避免，但我確實經歷過這段讓我幸福的成長過程。

那是我無論身處在怎樣的絕望，依舊在我內心深處著實綻放的希望之光。因此，我想守護這座城市的幸福，守護那些在這裡幸福生活的人們。

「雖然我不能夠原諒這個被隱藏的祕密。但即便如此，我也沒有心生厭惡、心懷仇恨。因為有些事情是無可奈何的，我也只能夠接受它。」

只是感到空虛、心痛，以及悲傷罷了。所以我只能說沒辦法，放棄自己的夢想與理想。

哪怕失去了夢想與理想，我也仍然想珍惜所剩的一切。

因此，我無法將大家扔進那般殘酷的世界。

如果巫女的這個身分是必須存在的，我願意履行這份使命。

「而在我想守護的人之中，也包括了妳。」

「我……？」

「因為妳曾經對我說過，我的夢想與理想是美麗的。因為妳曾為我成為巫女而感到惋惜。」

如果我這麼告訴瑟絲卡，她有可能會說我太異想天開了吧，但也沒辦法。

如果被他人溫柔對待，自己也會想以同樣的溫柔來回應對方。

「所以，琉月，別再說什麼寧可死去的話了。」

「……蕾妮，但是，我……」

「知道這一切的真相，並非是妳的責任。」

因為琉月出生在艾爾加登家族，僅此而已。

並非是她有意知道，之所以會知道，僅僅只是因為她出生在必須知道的位置上罷了。

而且，她也無法向大家傳達真相，因為這很有可能會引起這座城市的人們互相鬥爭。這也是無可厚非的一件事。

想必，這是必須要有人擔負起的責任，而那些身在艾爾加登家族的一員，只不過是在履行著這樣的使命罷了。

「而且，妳也曾努力過，對吧？」

「什麼……？」

「妳想成為巫女，對吧？」

「那是……」

「我認為最終能夠進到巫女選拔戰中的四名候選人，並不僅僅只是擁有才能哦！我、瑟絲卡、喬瑟特都是一樣的。同樣地，妳也十分努力。至少我是這麼認為的。畢竟，妳的火焰之舞，真的很美呢。那肯定不是在毫無努力的情況下，能夠掌握的技能對吧？」

面對我的提問，琉月卻一言不發，只是靜靜地凝視著我。

「如果一開始妳就知道了一切，妳就會認為當初看似可笑的我，有點傻。我想，市長……也應該有那樣的想法吧。」

「……我，並不否認。」

「所以我知道，妳並不是在覺得我傻。妳也是以妳的方式在認真地成為巫女對吧？現在，我也依然這樣想。」

琉月什麼話也說不出來。然而，她的臉部表情變得有些扭曲，眼淚逐漸在眼眶中打轉，浸溼了雙眼。對我來說，那就像是一種回答。

「至今，我也依然把妳當作是朋友、同伴一般看待哦！」

「……啊。」

對我來說，琉月依然是和我在同個地方相處的同伴，我們一起用餐，一起以巫女互相爭奪寶座。

無論有多少芥蒂，我都希望妳的心情始終能夠保持如一。

妳曾稱讚我的夢想與理想是多麼美麗，即便知道那些心願終將無法實現，妳卻還是為了無法將這個事實告訴我而苦惱，甚至說出為了我死去都甘之如飴的話語。

如果這僅僅只是出於一種義務而告訴我的話，或許我會感到憤怒。但是，對妳來說並非如此。雖然我無法理解迄今為止妳是帶著怎樣的心情在面對這些事情。

「如果朋友對我說殺了她吧，那我肯定感到非常地難過，也會感到很心痛哦。所以，我原諒了妳。」

在我說出「原諒」的瞬間，琉月眼中所凝聚的淚珠終於滴下。

琉月的表情逐漸扭曲，不知所措地向我伸出手來。我將自己的手疊放在她的手上。

這一刻，她終於抑制不住自己心中的情感，像是潰堤一般的淚水傾瀉而出，她將額頭依偎地靠在我手上。儘管聲音微弱嘶啞，顫抖般的哭聲卻還是從她的嘴裡流露。

「對不……對不起……真的很對不起……！」

「即使妳向我道歉，我也很為難……嗯，不過我也不會因此而叫妳不要哭。倒不如就哭一場吧，就算現在再向我道歉，我也已經不知道該如何是好，不過，至少哭的話，我能夠接受。因此，妳不用再勉強自己，沒事的。」

她向我道歉，但我也不知道該如何回應。不過，我倒是能夠接受她哭。

當我這麼說時，琉月一邊緊緊抓住我的手，像個孩子一般泣不成聲。而我用另一隻手，將那樣的她緊緊地擁入懷中。

琉月的哭聲顯得有些笨拙，彷彿她從未真正地好好哭過一般。

或許，自她有記憶以來，就從未像這樣哭過。

她所背負的使命，並非能夠允許她以哭泣的方式解決，就算以這樣的方式長大，那也不足為奇。

而事實是否真的是這樣，我也無法確認。

然而，一旦有了這樣的想法，我便再也無法坐視不管了。

「沒事的，沒事的。」

我一邊想著「怎樣才算是沒事」，一邊緊緊地將琉月擁入懷中，輕輕地拍打著她的背。

我希望她能夠因此而平靜下來，就這樣讓她哭吧。像這樣毫不掩飾地表露出自己的情感，啜泣不止；對我來說，那已經是不可能的事情了吧。

「對不起……！我，卻什麼都沒有回報給妳……！」

琉月一邊哭泣著，對我道歉。

「……如果妳這麼想，那我希望妳能夠成為下一任市長，改變巫女的存在方式吧。」

我輕輕地拍打著她的背，同時在她的耳邊輕聲低語。

「——快的話十年，或許努力要三十年。」

「……嗯？蕾妮？這是，什麼意思……？」

「守護龍大人的力量，我會盡力維持下去的。但那也就是極限了。就算我向市長坦誠，我也不認為他的方式會有所改變。所以琉月，我希望妳能夠想點辦法……琉月？」

琉月彷彿被彈開了一般，從我的身邊離開，以一種難以置信的表情，直盯著我看。

看到了她的反應，我突然意識到了，或許琉月對守護龍大人剩餘的力量，並不知曉。

「蕾妮……這是，真的嗎……？」

「……我會在這裡守護這座龍都。所以，外面的事情，就拜託妳了。」

像是在阻止她繼續說下去一般，我用手指輕輕地靠近了她的嘴脣，對她莞爾一笑。

是的，由我來守護。

不管是瑟絲卡、喬瑟特，還是琉月，以及……我的父母。

我所認識之人的每一張面孔，浮現在我的腦海中，我立下了新的誓言。

願妳們今後的人生，也能夠幸福美滿。

即便今後的我，已經不復存在。

——僅僅只是這樣的心願，能夠實現的話……那對我來說，其他的願望，也都無所謂了。

＊　＊　＊

我，琉月．艾爾加登，自懂事以來，我的人生就註定了一切。

『琉月，妳做為統治這座城市艾爾加登家族之女，從一出生就是特別的存在，妳的存在便是為了履行所賦予的使命。』

擁有千年悠久歷史的樂園，龍都魯德貝基亞。

做為統治這座城市的市長家族一員，從小，我就被告知了這座城市所隱藏的祕密。

在城市預期即將迎來巫女更迭重要時刻出生的我，我的人生，也從一開始，就被家人註定。

對我而言，所賦予的選擇僅有兩條道路：成為下一任巫女，或者成為下一位巫女的侍從。如果巫女有任何的不滿時，我將扮演她情緒發洩的對象。

無論成為巫女與否，自由亦被束縛，我的性命亦是為了巫女而存在的。

在這個家族裡，我不容置疑，也不能夠忤逆。

『妳不必擁有朋友。妳的性命是為了這座城市而存在的。為了維護這座樂園而奉上性命，這便是妳出生的意義。』

父親如此陳述，母親則默然低頭不語。家臣們未曾視我為人。我僅僅是個人偶。僅僅只是一個成為巫女的人偶，或是成為為了巫女而存在的人偶罷了。兩者之中，不過只是細微的差異。

切勿做出任何可能暴露艾爾加登家族所隱瞞的祕密之舉動。

無論是誰成為巫女，我都必須要履行這項使命，辨識出能夠完成這項使命的人選。

我的全部，僅僅只是為了城市的幸福而存在的。我只是被賦予這項使命而成長的角色。

裝作一副與所有人友好的樣子，卻不讓任何人踏入我的心裡。欺騙大家，假裝沉浸在幸福之中。明知這份幸福是建立在犧牲他人之上。

卻一邊接納這樣的自己，或許多虧於前任巫女的存在吧。

不過前任巫女到了晚年時，也已經不像是真正的人類了。

她悶不吭聲，別無所求，僅僅只是存在於那裡的容器罷了。

我對於那樣的存在方式感到可悲之時，也是經過一段很長的時間後，才明白這個道理。

對我而言，其他人也都是同樣的存在，和我同樣是個人偶，所賦予個別的名字，僅僅只是為了方便辨別罷了。

直到我進入培育巫女的聖域裡時，才開始認識到除了自己以外的其他人，這樣的想法，才產生了改變。

而這其中最大的契機，就是蕾妮。

我與蕾妮的相遇，是我和喬瑟特氣氛變得很尷尬之際。

喬瑟特也是和我同樣知曉祕密的同類，彼此的家族之間存在恩怨的宿敵。

而她這種擁有直率且認真的個性，自然是不把我放在眼裡。

『妳們不要吵架啦——！』

蕾妮介入我們之間，試圖讓我們和好如初。

對我而言，她是一個難以理解的存在。對巫女這樣的存在懷有憧憬，總是為了他人全心全意地付出，過於善良且近乎濫好人的程度。

我認為她這種性格很容易被他人利用，就連像瑟絲卡這種對他人漠不關心的態度，她也不放過。

蕾妮的周圍總是充滿著歡聲笑語，所以我也不由自主地將目光望向了她。

她向我展示了耀眼般燦爛的笑容，使我的內心為之動容。

我無法成為像她那樣的存在。正因如此，我的目光才會不禁被她所吸引。

以她為契機，我逐漸看清他人的本質。

像這樣對他人不感興趣、獨自自立的瑟絲卡。

以及和我同樣知曉祕密，卻以不同的形式在背負著使命的喬瑟特。

對我而言，她們都是耀眼的存在。藉由察覺彼此的差異，我開始對他人產生了濃厚的興趣。

因為我無法擁有像她們那樣擁有的「自我意識」。

一直以來自己都是如此地薄弱，但我卻從未厭惡過這一點。

說到底，對於自己的存在方式，我不容置疑。

所以，無論是誰成為巫女，我都願意接受那樣的結果。

我要為巫女獻上性命。因為這是我唯一知道如何證明自己存在價值的方式。

明明那時我打從心底認為，這就是我必須要擔任的使命。

（蕾妮竟然說原諒了這樣的我……）

我曾以為，如果她知曉了這座城市的真相，肯定會感到十分悲傷。

甚至想過她會因此而感到絕望，殺了我也不足為奇。

然而，她卻依然帶著困擾的表情，對我露出笑靨，原諒了我。

並告訴我，不必履行我原本該履行的義務。我可以繼續活著，而且她還把我當作朋友看待。

「……這種事，根本就不存在。」

迄今為止一直被壓抑的情感，突然在我的內心迸發。

我們依舊是同伴，依舊是朋友。原來，她把我視為朋友。

但這樣的話語對我來說是多麼殘酷。

難道這樣的事，是可以被允許的嗎？

如果她已經原諒了我，那我之前所做的覺悟，又是為了什麼？

（果然，我一點也不希望蕾妮成為巫女。）

這不是早已知曉的事情嗎？如果她得知了所有的真相，那麼將會遭受無可挽回的傷害。

她的開朗、善解人意以及堅強，都將為了他人的幸福而犧牲奉獻。她真正想實現的夢想，終將殘忍地殞碎。

這正是我們艾爾加登家族所犯下無法彌補的罪孽。

我感到罪孽深重。明知真相，卻只為了利用他人而活到現在。

不過只是為了把這座城市的未來，當作人質，強迫他人成為人柱的邪門歪道罷了。

如果我不身為人的話，或許還能夠忍受這一切。但因為我身為人，所以我無法容忍。

明明已經做好了赴死的覺悟，但如果被剝奪了死亡，那我該如何是好？

如果連想活下去的願望，都寄託在我身上，我將深陷迷惘。

「已經太遲了……」

無論有多麼地懊悔，明白自己的罪孽深重，蕾妮也已經成為了巫女。

而且，居然還存在著連我都不知道的事實。

她告訴我的期限，真沒想到守護龍大人的力量竟然已經衰弱到如此地步。

父親一字未提。或許他打算故意隱瞞真相，甚至將我也利用在內。

悔恨、憎惡的情感，在我的內心大肆咆哮。但是，現在開始即便我暴露出自己的憤怒，也於事無補。

就連那般如此強大的瑟絲卡，也都無法戰勝她。

已經沒有人能夠忤逆她了，她將按照我們艾爾加登家族所期望的方式，繼續活著。

為了這座城市，為了維護他人的幸福，她將生命奉獻出去，不斷地消耗著自己。

「……啊哈哈哈，我真的束手無策了。」

事到如今，已經為時已晚，雖然不可能被他人原諒，但我卻還是無法克制地這麼想著。

如果曾經認為不被允許的自由，得到了允許。那麼，從現在開始所懷抱的願望，也是被允許的對吧？

「艾爾加登家族真該早點滅亡。」

我們的罪孽深重，罪孽必須遭受懲罰。

如果沒有人能夠予以懲罰的話，那麼，就由我來親自予以懲罰吧。真是的，現在已經為時已晚。就算從現在開始，也已經為時已晚。

但這並不能成為不開始的理由。但是，我卻沒有足夠的力量。

如果只是摧毀艾爾加登家族的話，只需揭露一切真相即可。

不過一旦這樣做，只會引起城市的居民相互鬥爭罷了。

「——我的心願就是讓蕾妮重獲自由，讓她擺脫巫女的束縛。」

但僅僅只是揭露城市的祕密還是不夠的。如果明知成為巫女是多麼殘酷的一件事，她肯定不會拒絕。

所以必須廢除巫女這樣的存在。但如果只是單純地廢除，還是會引起人們之間的相互鬥爭。

要想解決這個問題，單憑我一人，根本就束手無策。

那麼，我只能藉助他人之力。

「……沒關係，即便說『現在已經為時已晚』，我也能夠接受，因為這是『理所當然』。無論是怎樣的懲罰，我都能夠接受。本來，我的這條性命，就是為了他人而存在！」

在一切結束之後，用我的性命來補償也無妨。

我要破壞這座城市的現況。揭露一切所隱藏的真相，讓蕾妮擺脫巫女的束縛。

我也有了願望。

不再犧牲某人的性命，成為人柱而維繫生存，而是讓每個人都能夠過著屬於自己想要的人生。

不要像我一樣，為了死亡而活著；不再讓他人，能夠無動於衷地傷害他人。

「——出發吧。」

於是，我第一次以自己的意志，邁出了第一步。

第七章　不屈之「牙」

雨中，我負重前行。

即便步履蹣跚，也依然繼續前行，不知道自己正走向何方。

蕾妮打敗了我。我的話語根本就無法觸動到她，被那絕對壓倒性的力量徹底擊潰。事實與雨水一同浸染全身，將我沉重地擊垮。

或許是因為我輸給了她，帶來的這股衝擊感，害得我失去了理智。

（我頭一次嘗試到挫敗。）

只要我想做，任何事都能夠迎刃而解。唯獨對那麻煩事總是要插手的她，勸阻不動。

接下來，只剩下與他人建立起連結吧。不過，我也沒理由與他人交際。

畢竟有她在的話，一切都會好起來的；她那種無私干涉的方式，經常替我解決了不少問題。

（……啊，原來我一直都在依賴著她啊！）

突然間，我意識到了這個事實，嘴角不禁微微地揚起。

只要蕾妮待在我身旁，我就會感到一絲的愉悅。即便是在這個原本認為的無趣世界中，她也能夠發現其中的樂趣。

唯獨自己什麼也找不到，甚至也不知道自己該做什麼才好。

因此，我就這樣獨自一人，在雨中不停地徘徊。

「瑟絲卡……」

一道聲音，打破了我的思考。雖然有些不情願，但我依然轉向那道聲音的方向，轉身看去。

「……妳在做什麼啊，妳？」

喬瑟特一邊手撐著傘，一邊震驚地注視著我。

她的表情突然轉變成苦瓜一般的模樣，然後不知怎地，抓住了我的手。

「總之……先跟我回家，妳都被雨淋成這副德行了……」

「無所謂……」

「這可不行啊！快跟我回去！」

就這樣，喬瑟特強行硬拉著我，我只好開始邁步前行，朝向她所居住的方向前進。

在被她硬拉著手的推進下，我被帶進了宅邸，一眾僕人驚訝地看著我們。

「妳們馬上準備更換的衣物。還有拿些擦拭身子之類的物品過來，本來想讓妳泡澡的，可是……」

「沒關係……」

「……因為妳現在是這樣的狀態啊。妳們若是準備好了的話，就把東西送到我的房內吧。」

從踏入宅邸開始，喬瑟特就一直不肯放開我的手。然後就這麼將我帶到了她的房內，半粗暴地脫去了我身上的衣物。

就在衣物被脫去的同時，女僕們送來了更換的衣物及毛巾。

喬瑟特用毛巾替我擦拭掉身上的雨水，然後要我換上新衣物。

我就這麼乖乖地順從了她的指示，換上女僕所送來的新衣物。

「再麻煩送點熱飲之類的過來。」

「遵命，大小姐。」

女僕行了一禮，帶走我潮溼的衣物及毛巾，離開了房內。

目光瞥向窗外，依舊是下著雨。雨點簌簌地落下。雨，似乎還會持續一段時間。

我正專心傾聽著雨聲綿綿的聲音，心想著這些事情的時候。突然，喬瑟特向我問道：

「妳還好嗎？雖然我很想問妳是否還好，但妳看起來並不太好。」

「是呢。」

「……蕾妮呢？」

喬瑟特的一句問話，讓我瞬間屏息。

「……她沒事嗎？」

我不敢去追問究竟發生了什麼事，喬瑟特似乎也沒有繼續追問的打算。

儘管她向來嚴厲，但她卻在這時表現出如此溫柔的一面，或許是因為此時此刻的我，變得十分脆弱吧。在意識到自己處於這種狀態時，我只能苦不堪言。

「如果我沒有告訴妳的話，或許就不會變成現在這樣了吧……？」

「……就算妳不告訴我，我想，大概也會在哪裡得知這消息的。」

對我而言，只要蕾妮是那般如此耀眼的光芒，我就會繼續追隨著她。接著毫無疑問地，總有一天，終將因為某個契機而得知有關巫女的真相。

我們之間必然會發生衝突。而我，輸給了蕾妮。

所以，我對那不惜以自己為代價，保護這座城市的她，束手無策。

這個事實無情地擊垮了我，使得身體感到渾身無力，甚至連呼吸的方式似乎也都遺忘。倒不如就這樣讓我一死了之。

事情發展得太過突然，內心被那種無力感所折磨，讓我感到自愧不如。

「什麼天才，做什麼事情都能迎刃而解？真正想做的事情，卻無法達成。這樣的才能又有何意義……？」

「瑟絲卡……」

「我太自負了，根本就只是一直在依賴著蕾妮。在她真正受苦時，我卻什麼也都辦不到。真是狼狽啊……」

「……那樣的話，我們法露娜家族才是一直處於屈辱的窘境吧？明明我們也曾努力了數百年，試圖想重拾巫女的寶座，結果卻以失敗告終。最終只能眼睜睜地看著有人為此而犧牲。而這份無奈也傳承到了我身上。儘管如此，我也無法說自己能夠明白妳現在的感受……」

喬瑟特所說的話語，沒有平時那般壓迫感，反倒是讓我感覺到一絲溫柔。

她想盡辦法地安慰著我，這與她平時的樣子，簡直判若兩人，讓我稍稍感到有些詫異。

「瑟絲卡。我們這一代未能實現的家族夙願，如果妳願意的話，能否成為我們的夥伴？即使這一次以失敗告終，或許下一次還有機會……」

喬瑟特試圖繼續說道，但我卻打斷了她想說的話。

「現在，我不想思考。所以……」

話語逐漸變得細小無聲，彷彿漸漸消失一般。

望向視野的邊緣，我看見了喬瑟特似乎想伸手碰觸，卻又有一絲的猶豫。手，停了下來。

就這樣，彼此之間陷入了無聲的寂靜，只有雨聲點點回盪在整個房間內。

＊　＊　＊

自從被喬瑟特帶回了這座宅邸以來，究竟又過了多久？

從那時起，我就已經六神無主，失去了行動的意願。最終，在法露娜家族的宅邸裡，成為了被他人照顧的對象。

即便醒著，我也只是待在床上，或是坐在窗邊，凝望著窗外。除此之外，也無法做任何事。

多虧喬瑟特貼心地為我送來了些食物，以及屋內的女僕們幫我更衣，照料著我，我才勉強地保持住身為人的體面。

（簡直就像空殼似的……）

僅僅只是一具會呼吸的空殼罷了。想必，這樣的我，讓喬瑟特她們擔心了不少吧，但光憑自己的意志，我還是什麼也做不了。

「瑟絲卡，妳的身體感到如何？」

一旦有了閒暇之餘，喬瑟特總是會前來我所在的房間，探望著我。

我也不做過多的解釋，只是靜靜地坐在窗邊，望向窗外的景色。

對於喬瑟特的閒話家常，我只能含糊其辭地回覆。

即便如此，她並未表現出一絲的不悅，依舊陪著我交談。在她陪伴著我的這一段日子裡，是我唯一能夠感受到生而在世的時光。

就這樣，時間一點一點而消磨。突然，一道聲響，從門外傳來。

「怎麼了？」

「大小姐，有位客人來訪。」

「客人？是誰？」

「那個……是艾爾加登家族的琉月小姐……」

「琉月……？」

聽到這個意外名字，喬瑟特簡直像是雙眼瞪得說不出話來似的，瞠目結舌。

坦白說，我也抱持同樣的感受。

考慮到法露娜家族和艾爾加登家族這兩家之間的恩怨，琉月竟然會主動來拜訪喬瑟特，這實在是太稀奇了。

但，她卻登門造訪。這究竟是怎麼一回事？

「這、這可真是為難！請您稍待片刻！」

「抱歉，我要硬推到底。」

伴隨著一陣女僕手忙腳亂的聲響，就這麼被她給硬生生地推開。那個人，毫無疑問，就是琉月。

看見琉月的身影，喬瑟特瞬間露出一絲驚愕的表情，但是隨即又轉變成了嚴厲的神色。

「琉月，妳到底打算做什麼？身為艾爾加登家族的子女，到底來我家幹麼？」

「聽說瑟絲卡現在就住在這裡，所以我特地前來拜訪。而且，我也有事要找妳，正好妳們都湊齊了，方便一起。」

「有事？妳找我們有什麼事？」

「是的，我有個請求，希望妳們能夠幫忙。」

話音剛落，迄今為止琉月給人的感覺，瞬間轉變。

即便她之前表現得有多柔和，卻始終與人隔閡著一道牆的距離。而現在，彷彿由她主動抹滅了這道牆的存在。

站在這裡的琉月，與過去截然不同。喬瑟特似乎也感覺到了其中的變化，表現出一副稍稍困惑的模樣。

「瑟絲卡的話也就算了，但妳真以為我會答應妳的請求？」

「我並沒有這樣想。畢竟我們兩家之間的恩怨結下了不少。但，為了能夠結束這段恩怨，我必須藉助妳的力量。」

「結束這段恩怨的意思是指……？」

「──我想摧毀艾爾加登家族。所以，希望妳能夠借我一臂之力。」

一時之間，我無法理解琉月所說的話語。

連我自己聽到了這意想不到的話語，都感到如此震驚，對於長年以來與她有著恩怨的喬瑟特，想必她所帶來的衝擊是更巨大。

琉月的這番話，把喬瑟特嚇得目瞪口呆，但她仍將疑惑留在心中，向琉月詢問。

「要毀掉艾爾加登家族……妳、妳是認真的？」

「我是認真的。」

「妳在耍什麼花樣？」

「我可沒耍什麼花樣。」

「我怎麼可能會相信妳！」

「我也從未想過妳會相信我，但我只能繼續主張我所說的一切都是真的。為了完成我的心願，有妳的相助，是絕對必要的。」

「這、這話是什麼意思……？」

滿臉困惑的喬瑟特，一副不知所措的樣子，將目光投向了我。而我自己也被琉月所說的那般言辭，給弄得困惑不已。

「……我有點疲憊了。」

「琉月……？」

「我們欺騙了所有人，為了能夠維持住這座城市的存在，利用巫女，不斷地做出犧牲。這種事會一直延續下去，對此，我不允許存有任何的疑問，因為我們家就是這樣教導我的。」

琉月淡然地坦白這一切，宛如人偶一般，缺失了情感。就連自己的意志，都以含糊其辭的方式來表示，簡直令人匪夷所思。

「我一直遵循著我們家族的教誨，認為這是自己的義務。對此，我不認為有什麼奇怪之處，更不被家族允許有其他的生存方式。」

說到這，琉月露出了一絲自嘲似的笑容。

「因此，被他人憎恨也是理所當然的呢。一直以來，我們都以犧牲自己、為大眾的利益，視為正確之舉。」

話音剛落，琉月的身體開始微微地顫抖，她緊握著的拳頭因為用力過度，彷彿能夠聽見骨頭嘎嘎作響。

「像我這樣不該被原諒之人，一切的夢想與理想全都是編織出來的謊言，但蕾妮還是選擇原諒了我。我寧可希望她能向我說出仇恨的言論、發洩不滿，說出自己後悔當初不該成為巫女，那該有多好啊。這樣的話，我就能因此彌補過錯，用性命償還……但她居然對我說：『妳可以繼續活下去！』」

琉月以顫抖不已的聲音向我們傾訴，情緒似乎已達到高潮，淚水頻頻從她的臉頰上滑落。她用手指輕輕地擦拭著自己的淚水，然後繼續說道：

「我自認為自己不配為人。即便如此，她卻對罪孽如此深重的我說：『妳可以繼續活下去！』甚至沒有帶有一絲的猶豫，我不能這麼地厚顏無恥……！」

「琉月，妳……」

「蕾妮就像太陽一般的存在，炫彩奪目。喬瑟特，妳看著這樣的她，妳也能夠明白的對吧？明明我們都知道這一切，但她散發出來的那份光輝，正是我們所無法擁有的。正因如此，我們才會因此失去自我。」

面對琉月所講述的這番話，喬瑟特緊咬著嘴脣不放，低下了頭。

從她們知曉這一切的角度來看，蕾妮經常提及的夢想與理想，不過只是一場如夢似幻的美夢罷了，總有一天終將破滅。

「即便那份光輝被一切給奪走，不……無論那份光輝究竟承受到了多大的傷害，蕾妮也依然為了守護這座城市而試圖做出努力。因此，我才能夠真正地明白，我們是如何強行對巫女做出種種的殘酷之舉。」

琉月擦拭著頻頻掉下的淚水，抬頭看向喬瑟特。

一瞬間，喬瑟特彷彿心生畏懼，退縮了一步，但很快地，她下定了決心，眼神堅定地直視著她。

「琉月，妳說想摧毀艾爾加登家族，也就是說……」

「我想要結束一切，將那個只願意維持現狀的艾爾加登家族給摧毀，終結這座曾迫使巫女付出而犧牲一切的千年之都，即便那並非是所有人期望的未來……」

「……妳認真？」

「不是認真的話，我又有何理由說出這種話？」接著，琉月繼續說道：

「我希望妳來廢除艾爾加登家族，透過法露娜家族向城市的所有居民揭露巫女的真相。」

「……又是如此這般困難的要求呢。就算揭露真相廢除了艾爾加登家族，我們家也早就知道了真相。不是只有你們家犯下了對巫女見死不救的罪行，我們家同樣也是無所作為。」

「但是你們家和我們家所秉持的立場是不同的。我們是一直支持這座停滯不前的城市，而你們則是一直試圖改變這座城市的現狀。如果將一直保守祕密的原因，解釋成艾爾加登家族不斷地強行壓迫，我認為這份憤怒的情感焦點，就不會轉向法露娜家族。我們也有足夠證據來佐證這一點。」

「琉月……妳知道自己在說些什麼嗎？」

面對喬瑟特的詢問，琉月只是淺淺一笑，她的這般笑容，與以往所展露的笑容一樣。

然而，現在她的這般笑容，我卻從中看出這與過去的她明顯不同。

「喬瑟特，妳和你們家族都過於一本正經，只會透過合法的手段挑戰艾爾加登家族，所以才導致他們更加肆意妄為做出任何事情來。但也正因為如此，妳所提倡的為人之道才會更具說服力……而且，時間已經所剩不多了。」

「什麼？」

「如果放任不管，最多十年，撐三十年也是極限了。」

「……什麼？」

「守護龍大人所殘留的力量。」

琉月的這番話，讓喬瑟特驚訝得說不出話來。

啊，這已經無法再說是下一代的問題了。法露娜家族最壞的預測應該已經成真了。

「是要繼續讓這個已經走向盡頭的城市延續下去，還是承擔風險離開這座城市，去尋找新的天地？而妳——是唯一能夠向大家提出這個問題的人選。」

「……那妳打算怎麼做？」

「我會履行身為艾爾加登家族子女的義務。為了彌補我們所積累的罪行。即便因此而喪命，我也願意為了未來、為了犧牲於此的巫女們而奮戰到底。」

喬瑟特眉頭緊蹙，對著琉月怒目而視，表情極為嚴厲。

她十分戰慄，暫且強忍住激動的情緒，漸漸平復。接著緩緩地呼出一口氣。

「……這麼做有勝算嗎？」

「如果我把所有的內部情報一切公開，來牽制父親的行動，應該還是滿容易的吧？」

「但，那可是妳的家族啊？」

「那樣的家族，只給了我兩條道路選擇：要麼成為巫女為了城市而犧牲，或是成為巫女發洩任何不滿情緒的對象，最終而死。就連時間的限制也都是隻字不提。對於這樣的父母，我應當盡到恭敬孝順的義務嗎？」

琉月一邊語帶諷刺地傾訴著這番話，自嘲似地對我們淺淺一笑。

見到她的這般笑容，喬瑟特顯得極度不快，一股勁地撓撓頭。

「啊啊，真是的！就是因為這樣，我才會討厭妳們家族的人！居然以那種戲弄一般的方式在過生活，這樣怎麼可能會感到幸福啊！」

「我也一直覺得妳們家族的人，真的是很愚蠢呢，偏要過著那種如此較真的生活方式，這樣怎麼可能會感到幸福呢。」

面對心有不甘、十分憤怒的喬瑟特，琉月只是咯咯地笑著，繼續說道：

「我想，對於幸福的定義，大概是從蕾妮身上所學到的吧。她看起來總是元氣滿滿，充滿著令人眼花撩亂的熱情，那般地耀眼。為了自己的夢想與理想而竭盡全力，每天都以全力以赴的態度，面對生活。」

「……確實，所以我才一直都不喜歡蕾妮。無論她有多努力，我都知道她所付出的努力，終將遭到這座城市的背叛。」

「我認為蕾妮的生存之道，本來就是我們應有的姿態。我們絕不允許因為自己的命運或是有任何的過失之類的無聊事物，而任憑失去所有。未來，也絕不能再重蹈覆轍。」

「……但是，事到如今也已經太遲了吧？」

「瑟絲卡？」

至今為止，沉默不語的我，帶著些許的憤怒，向兩人低聲說道。

「真是了不起的想法呢。現在妳們所試圖要做的事是正確的。但是，事到如今，再怎麼正確，也無法拯救蕾妮。因為她……已經決定成為了巫女。即便現在改變這座城市的生存方式，她那顆已經受到傷害的心靈，被摧毀的美夢，以及希望實現的理想，都再也無法恢復成以前的模樣！」

未來，我們要確保自己所經歷過的悲傷和痛苦，不會傳承給下一代。

即便這是再正確不過的事情，但我卻無法坦然地接受。

因為蕾妮已經要離開了。即便現在顛覆這座城市的運行方式。那時的她，也不會再回來了。

所以，對我而言，這一切聽起來只不過是一些精美且華麗的言辭罷了。

或許這兩人也曾為此而感到苦惱。但即便得知了真相以後，她們依舊保持沉默。

明知可能會走向這樣的結局，卻因種種的束縛和立場而沉默不語。

最終，強加這種束縛的，正是這座龍都——魯德貝基亞本身。

「這座城市會變得什麼樣子，都已經與我無關了……」

「瑟絲卡……」

「我想守護的，從來就不是這座城市的未來。」

我想守護的，是蕾妮。因為對我而言，蕾妮正是我生命中的光芒所在。

但這般光芒被奪去，殘酷地傷害了我。因此，我對這座城市十分憎恨。

對我而言，這座城市就像一座鳥籠，明明我就不想過那樣的生活，但卻被我所最在乎之人期望著。

事到如今，我才終於意識到，那樣的事實已經將我的內心撕裂得支離破碎。

讓蕾妮失去了夢想，接著，又讓我的內心受挫。對於這樣的城市，我打從心底覺得無關緊要。

「事到如今，無論妳們怎麼做，蕾妮都會試圖努力地去守護這座城市吧。就算妳們試圖改變這座城市，恐怕也已經為時已晚。」

一切都已經太遲了。數百年來，我們一直不斷地嘗試而做出努力。最終卻以失敗告終，承受這份巨大的傷害。將這樣的事實整個嚥下，那可真不簡單，實在是叫人難以接受。

「……瑟絲卡，現在妳所說的這番話，還真是刺耳啊。正因如此，我有個請求想拜託妳。」

聽到琉月講述「請求」之時，我抬起頭將目光投向了她，在試圖對她吐露出這番心情後，她究竟會向我提出怎樣的請求？

「我希望妳能夠幫助蕾妮，讓她擺脫這座城市的束縛。」

「……妳在說什麼？難道妳沒有聽見我剛所說的話嗎？」

「我不能說明白妳和蕾妮究竟承受了多大的傷害，更不認為自己能夠那麼輕易就彌補過錯。就算我再次告訴她要顛覆巫女現有的存在方式，或許她也沒辦法接受。這一點我也有所預料並認同她的想法。與其這樣，那倒不如請妳們兩人拋下這整座城市。」

「……妳要我們……拋下這整座城市？」

「若想改變這座城市的現狀，蕾妮的存在可能反倒成為了阻礙。如果有人試圖依賴，她也不會拒絕對方，伸出援手對吧？我認為巫女應該要成為這座城市的象徵，而不能被抹滅。」

「等等，琉月。就算她們走出了這座城市，也無法保證任何事哦？」

喬瑟特慌張地對琉月說，但琉月卻輕輕地歪著頭回答著。

「是啊，而且，事到如今，已經為時已晚了。」

「為時已晚？」

「龍都如果再繼續這樣下去，我們也無法從外面的世界找到新希望的話，無論選擇了哪一條道路，結局都是相同的對吧？畢竟，我們已經沒有明天了。那樣的話，肯定會有人站出來，試圖將蕾妮拉回到巫女的寶座上。哪怕只是一刻，那也是為了維持這座樂園。」

「話是沒錯，但……」

「為了讓她能夠擺脫巫女的束縛，唯一的方法就是從這座龍都本身解脫。所以，我們必須要有人能夠把她帶到外面的世界。如果她擔心城市的未來，那麼，我們就要背負將她趕出去的責任。這不只是僅此一次的不合理對待，還包括了過去我們曾試圖讓她背負這一切的罪惡在內。」

琉月所說的這番話，讓喬瑟特啞口無言，而我也對此沉默不語。

我慢慢地咀嚼她的這番話，然後搖搖頭。

「……即便如此，我也沒有資格將蕾妮帶到外面的世界。無論是在巫女的選拔賽中，還是面對已經成為巫女的她，我都輸了。我的言辭還是力量，都已經無法觸動她了。」

「真的？」

「……妳到底想說什麼？」

「瑟絲卡，那妳想放棄嗎？」

被琉月這麼一問，我內心所憤怒的情感，幾乎都快要爆發。那正是我真正想說的話語。

「——怎麼可能想過要放棄！」

蕾妮竟然會為了這樣的城市而遭到吞噬，這樣的事實，我絕對無法接受。甚至一度產生了希望這座城市灰飛煙滅的想法。

我不想放棄。但她並不希望我們為此而義無反顧。而我執意地堅持，那又有何意義？

「那麼，妳就不要放棄。」

「琉月……」

「妳和蕾妮本就不必為了任何原因而放棄一切，妳們所必須背負的責任，我都將會一併扛起。話都說到了這份上了，難道妳有必須要放棄的理由嗎？」

必須要放棄的理由……被琉月這麼一問，我不禁心頭一顫。

無意識間，我一直在尋找著必須要放棄的理由。

雖然我口口聲聲說是為了蕾妮，但卻試圖扼殺自己的所有情感。

因為我知道，不這麼做的話，她就會因此而受傷。所以，我只能對她說出放棄，要她放棄努力想守護的一切。

我一人無法擺脫她所背負的重擔，只能強行地要她拋下所背負的東西。

但如果我能夠得到這兩人的協助呢？

「我們不知道城市外面有什麼。或許找不到任何的希望，但如果妳們能夠找到的話，或許大家都能夠獲得幸福。我認為妳和蕾妮，即便踏上走出城市之外的旅程，也是會被大家允許的。」

「踏上走出城市之外的旅程……」

「龍都必須做出改變。改變的方式有很多種。城市的意識改革，瞭解外面的世界，這些都必須要大家共同努力。我甚至認為，即便妳和蕾妮出發去旅行，就這樣一去不復返，也沒關係。因為現在，對妳們來說，這座城市已經沒有足夠的魅力和利益能留住妳們了。」

話音剛落，琉月對我淺淺一笑。如此真摯的一笑，讓我更加地確信，那正是她發自內心的真摯笑容。

「而且，妳們二位出發去旅行，或許能夠在途中找出一些新希望也說不定哦？那會更符合妳們二位的風格。」

「……嗯，也是呢。畢竟能夠派遣外出調查的人手有限，就算妳們說想要離開，也沒有任何責怪妳們的理由吧。」

聽到琉月所說的話，喬瑟特深深地嘆了口氣，補充這麼一句。輕撥自己的秀髮。

「連妳也……」

「我一直覺得自己對妳們做出了不可饒恕的事情。因此，即便我被拋棄，我也不會有任何的怨言。但是，妳一定不會拋下蕾妮對吧？或許她會選擇走出外面，說不定能在外面的世界中找到一絲希望，這樣的話，既是更好的未來，也很適合她。」

「關於這座城市所面臨的問題，就交由我們來負責吧。無論是引導大眾，還有接受懲罰，都是我們的責任，我們彼此會分工合作的。」

「……琉月，不知道妳這是否是出於反噬作用，但我就是看不慣妳以自我犧牲的做法來解決問題，在妳看來如何？」

「啊，我沒有那樣的意思啦。」

琉月咯咯地笑著，喬瑟特眉頭緊蹙。看著她們兩人，我也不禁嘴角上揚，露出了燦爛的笑靨。

接著，情緒就像被堤壩阻攔的洪水一樣，湧上心頭。

我討厭這座城市的存在方式。如今，甚至可以說厭惡至極。

但是，我並不討厭在這座城市幸福之中成長的人們。

正因為有那願意為他人而竭盡全力付出一切的人們。

蕾妮想守護的人們，也一定是像他們那樣。所以，我們必須將這樣的想法傳達給她。

而在她想守護的那些人們之中，也同樣會有想守護她的人存在。她根本就不必獨自一人背負，承受這一切。

「……能夠傳達給她嗎？」

我曾經一度崩潰，所以我拿不出自信。

就算是喬瑟特和琉月，也無法說服她。

正因為她們有各自的立場，蕾妮才會為她們著想。

那麼，究竟誰才能夠說服她呢？是誰必須對她說出那樣子的話呢？我想，這樣的角色，只有我才辦得到。

（……不，那只是我一廂情願的想法罷了。）

回想起來，對我而言，蕾妮是一個如此重要的存在。

所以，被她拒絕讓我不禁感到十分害怕，害怕到無法再向前邁出一步。

「確實，成為巫女的蕾妮是很強大的。或者準確地來說，在歷代巫女之中她有可能是最強的存在。」

「……是這樣嗎？」

「仔細想想，『鱗』可以說是用來控制守護龍大人的力量。能夠將如此龐大的力量緊緊地包覆，並有效地駕馭留存在體內的這股力量，沒有絲毫地浪費。再加上她本身就是一個積極努力向上之人，不管是操控哪一種型態，對於現在已獲得力量的她，一切都變得超凡。」

「『鱗』甚至能將我的『牙』給反彈。」

「……那可真是無懈可擊。」

「她在我們之中最擅長防守了，而且還有守護龍大人的力量加持。」

「越想越覺得事態嚴重……」

「但是，並不是沒有擊破她的方法，對吧？喬瑟特。」

「咕，等等，琉月……難道……妳知道？」

面對琉月所暗示的話語，喬瑟特的臉色勃然變化，並對她怒目而視。

「我早就猜到了。畢竟，如果要成為最後王牌，除了這個，也沒有其他的選擇了。」

「……妳們到底是在談論什麼？」

「是關於法露娜家族最後王牌之事。如果有『那個』的話，說不定妳會有勝算哦？」

「真的有那種東西嗎？」

當我驚訝地詢問時，喬瑟特露出非常不快的表情，而琉月的笑容也逐漸淡去。

「瑟絲卡，容我再問妳一遍，妳願意為了蕾妮而不惜一切？」

「……嗯。只要有方法，無論是什麼方法，我都願意。所以，請妳告訴我吧。」

我將堅定不移的眼神直勾勾地盯向琉月。

「若想勝過蕾妮，妳就必須和她站在相同的立足點上，換句話說，妳必須想辦法獲得守護龍大人的力量。」

「守護龍大人的力量……」

「方法有兩種：一種是不惜一切都要搶先一步，從位在巫女所處的『守護龍大人之權』，取得這股力量。但這種方法是最大的難關，因為必須要正面突破蕾妮，而且我也無法向妳保證，妳能夠當場就獲得與她相互匹敵的實力。」

「假如蕾妮為了守護泉水而鑽進去的話，那確實非常地困難。條件上不被允許……那另一種方法呢？」

「關於這點，就由喬瑟特向妳說明吧。」

「……就算使用『那個』，也只是孤注一擲哦？」

喬瑟特明顯表現出一絲的猶豫，一邊將手緊緊地抱住身體，喃喃自語。

我以真切的眼神，直勾勾地盯著那般神情的喬瑟特說道：

「喬瑟特，請妳告訴我。我不想在這停下腳步。」

我的話讓喬瑟特有些抗拒，暫且沉默了片刻，但她還是深深地嘆了一口氣之後，對我開口。

「……那是法露娜家族從初代那裡所傳承下來的遺產。」

「遺產？初代是指巫女所留下來的遺產嗎？」

「是的，一般而言，巫女若想獲得守護龍大人的力量，就必須在聖域之中的泉水浸身，讓這股力量與身體相互融合。」

「一般情況下，完全適應這股力量可能需要花上好一段時間，但蕾妮卻能在一瞬間就將身體完全融合，在這方面可以說是相當厲害……」

「……回到正題。我從初代那裡所繼承下來的遺產，就是守護龍大人的一部分。」

「守護龍大人的一部分？」

「這是一種濃縮了守護龍大人力量的物品，透過吸取其中所存放的靈氣，就可以暫時性地獲得守護龍大人的力量。」

「居然有那種東西。但是，如果到現在都沒有使用的話，是不是有什麼副作用？」

當我向喬瑟特詢問及確認同時，她鄭重其事地點了頭。

「實際上，這個遺產是真的陷入絕境、無計可施的情況下，才會使用到的最後手段。」

「是所謂的最後王牌嗎？」

「即便是巫女，恐怕連身體也難以承受這般如此強大的力量。而這個遺產所蘊含的力量，比起巫女本來從泉水之中所獲得的力量手段，更是濃縮了數倍。如果成功駕馭，或許能夠獲得不亞於巫女的實力。但如果失敗，即便是立刻喪命，那也不足為奇。」

「沒想到法露娜家族直到最後還是一直保持著沉默。我也聽過有那種東西的存在。因此，艾爾加登家族自然也無法將妳們家族摧毀。畢竟，妳們家族要是破罐子破摔的話，那我們只是庸人自擾。」

「如果妳們家族試圖摧毀法露娜家族，我們也打算使用遺產，與妳們同歸於盡。」

「那麼，如果擁有那個遺產，就能夠獲得守護龍大人的力量嗎？」

「只能獲得一部分。無法像正規的方法那樣完全融入身體。」

「但是，至少能夠獲得足以對抗蕾妮的力量對吧？」

「……但可能會因此喪命。」

「我並不打算死。但是，若是不做出覺悟的話，是無法與她對抗的。」

我所說的這番話，喬瑟特不禁眉頭緊蹙。

接著，她抬頭仰望外面的天際，深深地嘆出一口氣，用手遮住了眼睛。

「……本以為不需要任何人因此而賠上性命，但現在看來還是無法如願。我真的是太脆弱了。」

「不是只有妳一個人脆弱。大概包含我在內，居住在這座城市的居民們，都是很脆弱的。」

「瑟絲卡……？」

聽到我的這番話，她有些瞠目結舌。

我們都太脆弱了。或許是因為一直在這座城市裡過著幸福的生活，我們從未有過攜手面對困難的挑戰機會。

所以，沒有人想過要走出城市之外。因為只要沉浸在這段安定的生活之中即可。不必接受新事物，就能夠永遠地幸福活下去。

巫女可以說是那樣的象徵。只要有一個人犧牲，其他人就能夠享有這份所賜予的平和恩惠。

即便告訴那些人明天要靠自己的頭腦去思考，靠自己的力量活下去，他們也不可能做到。這無疑是證明我們脆弱的證據。

「我們太脆弱了。僅憑蕾妮一人，是無法拯救任何事物的。」

即便我被稱為天才，但自己一個人能做到的事情有限。正是因為深刻體驗過這種無力感，所以即便是一個人想放棄，如果有人能夠支持我，我就會再次站起。

「喬瑟特，我希望妳能把妳們家族的夙願、責任，以及使命，全都寄託給我。」

「瑟絲卡……」

「過去，我從未背負過什麼。但這次，我與以往不同。我會把妳們兩人的心願，全都纏繞在一起，毫無保留地向蕾妮表露心意。」

她不必獨自一人犧牲。守護這座城市，還有其他的方法，不是只有讓她獨自一人犧牲，我們還能夠選擇走出外面。雖然無法就此保證能夠因此找到新希望，但這樣的選擇，總比讓她獨自一人犧牲面對這一切，然後我繼續活下去要來得好。

「我討厭這座城市。但是蕾妮並不希望這座城市的人們受到傷害。所以，我絕對不希望讓她犧牲自己。如果妳們願意在她辭去巫女的職務以後承擔起這些責任，我想帶她走出外面，去外面的世界尋找新希望。這樣她就不必犧牲，同時也能夠實現她希望這座城市的幸福能依然延續下去的心願。」

我不惜一切，賭上自己性命的理由，便已足夠。

我想與蕾娜一起去尋找新希望。即使那些是我一個人無法找到的新希望，只要有她在，我相信一切都會好起來的。

啊啊，我再也不會失敗了。如果再失敗的話，那麼這次大概也是被她拒絕的時候吧。

但即便如此，我也無所謂。如果要失去她，就算要我拋棄這條性命，那也無妨。

在這段漫長的寂靜中，喬瑟特輕輕嘆了一口氣，打破了沉默。她抬起頭，恢復了一如既往的氣魄。

「……我明白了。瑟絲卡，那就交給妳了。而我，也會盡我所能地去幫助妳們。」

「我們最好盡快行動。喬瑟特，妳準備好了嗎？」

「盡是說些令人為難的話。但是，我們也只能這麼做了。」

向琉月確認狀況以後，喬瑟特堅決地點了頭，似乎也已經下定了決心。

「如果什麼都不做，一切都不會改變。就這樣在一切都不改變的情況下，繼續讓蕾妮犧牲，對於這樣的世界，我已經沒有抱持任何的留戀。」

我的這番話，喬瑟特和琉月都紛紛點頭，表示贊同。

「巫女候選人也在成長，每個人都並非是真正的無助。只要有一個契機，一切都能夠改變。」

「我們要擊敗那個強迫巫女犧牲的艾爾加登家族，趁著力量尚未枯竭之時，大家一起去尋找新希望。為此，我們就必須讓蕾妮辭去巫女的職位。」

如果說只要有一人犧牲，就能解決問題的話，或許這也是正確的選擇。

但我不需要這樣的世界。

因為，對我而言，無論代價有多大，蕾妮都比這座城市更為重要。

一旦閉上雙眼，我便能立刻回想起蕾妮開朗的聲音，以及那不禁讓我瞇起雙眼的燦爛笑容。還有與她之間，近得讓我鬱悶的距離。

這些回憶存在於我的腦海中，那些深深烙印在我內心所散發的熱情，賦予了我踏出下一步的動力。

「——我絕不會讓妳的未來，做為這座城市存在的代價。」

因此，我要向蕾妮展開猛烈的攻勢，為了打破她那頑固的意志力。

第八章　向空蕩的身軀傾注夢想

「小姐，一切都已準備就緒。」

回報我的是擔任法露娜家族的警衛士兵長。

而我交付給他的任務是為了接下來鎮壓艾爾加登家族的一切準備。

琉月也向我提供了情報，計畫在十分萬全的狀態下執行。

若要說有問題的話，就在於對士兵們的指揮上。漫長的和平時期裡，他們也沒有經歷過戰爭。對此，這次的起義，無疑會感到緊張不安。

「感謝你的報告，大家的情況如何？」

「終於迎來了起義的時刻，雖然有些士兵難免會感到焦躁不安，但是我們想法是一致的。」

「是嗎？讓你們背負起這個重擔，我實在是深感抱歉。但希望你們能夠相信我，一同奮戰！」

「是的，我們十分慶幸在力竭以前能夠參戰。能與大小姐一同奮戰，我們深感榮幸。」

「……那麼，在等待時機來臨前，請你們在此待命。」

「遵命。」

在目送行完禮的士兵長之後，我悄悄地嘆了一口氣。

從我有了記憶以來，便承襲必須履行的使命。

我的家族是樹立守護龍大人的龍都——魯德貝基亞的巫女開創者。因此，自幼便知曉這座城市的真相。

這座城市幾百年來不曾改變，停滯不前，一直沉浸在幸福之中。仰賴逐漸消逝守護龍大人的力量。

這份幸福無法永遠延續下去，美夢終究會有結束的一天。為了抵抗即將到來的終結，我們必須放眼外面的世界。

然而，這座城市的營運權由艾爾加登家族所掌握，我們的選擇方式不多。其中，最快入手也最能讓大家信服的方法，就是成為巫女，從而改變方針。

用這個方法的話，即便是艾爾加登家族，也難以抵抗吧。於是，為了實現家族的夙願，我嘔心瀝血，以成為巫女為目標而鍛鍊武藝。

（……但是，我並未能夠實現成為巫女的家族的夙願。）

打敗我的人，正是被眾人認可的天才，對任何事情總是投以一種放棄眼光的瑟絲卡。

而打敗瑟絲卡的這位，卻是滿腦子天真理論的蕾妮。

輸給了瑟絲卡，我感到很遺憾，但我還能夠接受這個結果。

因為瑟絲卡所擁有的才能，是無論我多麼努力鍛鍊，都無法勝過的天才。

瑟絲卡一直對這座城市抱持著厭惡的情感，如果成為了巫女；說不定，她能夠幫我達成家族的夙願。

如果我能實現家族的夙願，那是最好不過了，但若是瑟絲卡能夠代替我完成家族的夙願，那也無妨。

所以，我能夠接受自己的失敗。

我一直是這樣想的，所以當蕾妮戰勝了瑟絲卡時，奪得了巫女的位子，我不禁產生了這樣的想法。

——為什麼自己沒能成為巫女？我搞不明白。

輸給了瑟絲卡，我還能接受。但輸給了蕾妮，我無論如何，都無法接受。

或許是因為自己沒能與蕾妮正面對決，才導致我產生了這樣的想法吧。

（……不，那是謊言。我只是單純地想避開她罷了。）

對我而言，蕾妮是個難以直視的存在。

她是個勤奮努力且善良的好孩子，但因為不瞭解這座城市的真相，所以才能夠抱持著天真的理論，我對她深感同情。

不管到哪都心存善念，總是忍不住去插手麻煩事的濫好人。

甚至我和琉月因為敵視而互相爭吵時，她願意主動介入我們之間調解。

明明我們法露娜家和艾爾加登家之間的恩怨深不可測，她居然還想要阻止我們之間的鬥爭。坦白說，真的是讓我大吃一驚。

（真是令人深感同情的孩子啊！）

萬一，她真的成為了巫女，只會遭受苦難。

因此，我下定決心，立志要成為巫女。日復一日的不斷鍛鍊、鍛鍊、再鍛鍊，僅僅是為了追求巫女的寶座。

如果只是被瑟絲卡輕易地超越，那還說得過去。

但實際成為巫女的人，卻是蕾妮，這讓我的大腦陷入一片空白。

明明她成為巫女，是一件悲願，可是我卻沒能阻止她。

我什麼都做不到，在我還來不及陷入懊悔之中的同時，情況有了顯著的轉變。

蕾妮在成為了巫女之後，便馬上得知我們所隱瞞的真相。

而我也向有可能改變她想法的瑟絲卡，透露了真相。

最終，我無情地傷害了她們兩人。

（……這只不過是藉口罷了。我只是以使命為由，試圖方便操控她們。）

我身為法露娜家族的子女，明明要守護大家的。

結果，我卻誰也守護不了。

就算明白這樣做會讓瑟絲卡和蕾妮互相鬥爭，但我還是向瑟絲卡透露了真相。

如此不知廉恥的我，竟然還打算顛覆整座城市的現況，簡直可笑至極……

（現在不是意志消沉的時候，為什麼腦海中總是浮現出這些想法？）

再過不久，我們就要攻入艾爾加登家的宅邸了，我必須引導瑟絲卡抵達蕾妮那裡。在突襲的同時，將市長扣押。在這段期間，讓瑟絲卡去蕾妮那裡試圖勸說。

雖然我們不能讓市長輕易逃走，但比這更重要的關鍵，還是取決於瑟絲卡能否說服蕾妮。

如果瑟絲卡不能說服的話，那麼，我們很有可能反倒遭到她的鎮壓。

我還將法露娜家族做為最後的王牌，交給了瑟絲卡。如果她失敗的話，我們的計畫也將以失敗告終。

因此，現在應當考慮的是接下來的戰鬥，但我卻不斷地陷入在懊悔之中，意志消沉，不停地深深嘆氣。

「——妳看起來一副愁眉苦臉的樣子呢，喬瑟特。」

「……琉月。」

一道聲音迫使我抬起了頭，發現琉月就站在那裡。

坦白說，即便沒有家族之間的恩怨，我還是很討厭她。

沒錯，我非常討厭她。但，即使她現在向我搭話，我並沒有感覺到任何的不愉快。

「……妳是在安慰我嗎？」

「我們接下來可是有重要的任務要做，不能夠失敗吧？這樣的話，我幫妳消愁解悶，如何？」

「真沒想到妳會這麼說。老實說，怪陰森的。」

「我自己也這麼覺得，現在的我，已經不再是過去的我了，喬瑟特。」

我依然板著一張臉，而琉月的臉上也依舊掛著一抹難以捉摸的笑意，與我交談。這在不久前，是完全無法想像的一件事。

「……結果，事關這座城市命運的決定權，卻掌握在蕾妮和瑟絲卡的手中。」

「妳該不會是因為這點，心情才很低落？」

「……妳，可真是個會惹怒別人的天才啊！」

看著琉月歪著頭向我提問，我稍稍惱火，但還是回了她一句。

於是，琉月又笑得比之前還要更加燦爛，咯咯地笑個不停。

「我又不是特別想擁有那種才能。」

「……就是因為妳這種傲慢的態度，才會令人討厭，琉月。」

「我也很討厭妳。不過，妳看，或許只是因為『那樣』吧？」

「『那樣』，是哪樣？」

「同類相斥。」

「嘖。」

「哇，妳居然大聲咂舌，可一點都不像是個大小姐呢。」

「妳怎麼好意思說出這種話？」

我不禁瞪了琉月一眼，她卻只是聳聳肩。

「所以我才會說同類相斥啊。妳會感到沮喪的原因，雖然我們之間的細節有所差別，但大概也和我一樣，對吧？」

「……妳到底想表達什麼？」

「——明明我們出生在如此傑出的名門世家，可是為什麼卻要由蕾妮和瑟絲卡來決定我們的命運呢？」

聽到琉月的這番話，我不禁握緊了拳頭，仰望天際。

到底我哪裡比不上蕾妮和瑟絲卡？為什麼我不能夠像她們那樣？明明我已經那麼努力，明明我也很驕傲地活著了啊！

「……我們，究竟缺少了什麼？」

「喬瑟特，明明妳已經意識到了，卻還是選擇逃避，這樣不太好哦。」

我忍不住想要厲聲呼喊，但還是咬緊牙關，克制住了情緒。

不甘心的是，我居然沒辦法反駁她所說的這番話。

不管是自己有了這樣的意識，還是引起這一切的導火線、眼前的這個女人，都讓我感到十分惱火。

或許，這並不是標準答案，但現在若是以這樣的觀點去思考，我能夠理解認同。

（我從未擁有過夢想或希望，唯一擁有的，只是一種義務感。）

我，還有琉月，都只是在履行家族所賦予的角色而行動罷了。

我從未像蕾妮那樣擁有過夢想，也不像她那樣不斷挑戰無法觸及的高牆，拿出熱情，最終獲得勝利。

我也從未像瑟絲卡那樣，冷漠孤立。面對既定的殘酷體制，毫不掩飾地表露出自己的憤怒，明知道自己無能為力，卻還是為了朋友而赴湯蹈火。

我有我的使命，但這僅僅只是使命罷了，我並不像她們，擁有那般熱情。

琉月也一定和我一樣。我們只是在血脈相傳的使命下，好好扮演所賦予的角色，像個人偶罷了。

一想到蕾妮和瑟絲卡，我就不禁萌生了這樣的想法，久久揮之不去。

畢竟，自己不像蕾妮那樣，就算瞭解了這座城市的真相，也無法為了城市的所有人，而做出犧牲自己的選擇。

我也不像瑟絲卡那樣，無論他人如何，僅僅只為了那一人而抵抗一切。

熱情、激情，又帶有溫暖。而我，卻缺乏了那樣的情感。

法露娜家族的夙願是千斤萬重的。然而，當完成了這個夙願以後，前方究竟會有怎樣的未來？

就算我們選擇了走出這座城市，是否會有幸福的未來，在等待著我們？

我不知道答案。不過這下我也能夠明白，為何艾爾加登家族會採取享受安定的生活、直到結束的決策，獲得大家的高度支持。

即便如此，我也還是身為法露娜家族的子女。如果我放棄了，那就意味著放棄那些無法忍受安定結束的人們期望，也意味著先祖代代所傳承的心願，將會付之一炬。

將那份心願付之一炬，光是這樣一想，就令人感到畏懼。

那就是我的全部。經過了深思熟慮之後，我終於能夠信服。

「……或許，我只是感到很苦惱罷了。」

身為法露娜家族的子女、必須完成家族夙願的人，我實在是活得太痛苦了。

我必須要親手打破這座城市的安定，必要的話，做出反抗也是無可避免的一件事。

一想到自己必須引導他人，卻要遭到責罵，我的雙腳就不禁瑟瑟發抖，無法動彈。

我並不願承認這一點，因為畏懼而導致我止步不前，一旦停下腳步，我就會不由自主地這樣想。

我所前進的道路，是否真的是正確的選擇？

「確實很苦惱呢。」

「……說得妳好像很瞭解一樣。」

「妳可真是不坦率呢。」

「囉嗦。」

琉月會心一笑地咯咯笑著，這讓我感到非常厭煩。本想再一次做出咂舌的動作。但我卻發現，她的目光似乎在注視著遙遠的彼方。

「不過我想，真正能夠理解我的，就只有妳了。畢竟妳是唯一一個站在和我相同位置上，看著她們成長的人。因此我也能夠明白，看著那兩人，心情就會很沉悶……」

「……是啊，妳說得沒錯。」

「要是妳能早一點意識到這樣的生活方式是如此痛苦的話，或許妳就能在蕾妮成為巫女以前協助她了，心裡也就不會感到如此難受及懊悔了。」

「……就是因為懊悔，我才會苦不堪言，畢竟只是假設罷了。」

「喬瑟特，妳可真嚴厲啊。」

「我們並不允許仰賴他人。」

「……是的，妳說得沒錯。真是如此刺耳的真理。」
平時的微笑化為強顏歡笑，琉月低聲如此說道。
看著她的那副模樣，我無奈地歇了口氣，不禁呢喃自語。
「……正因為是真理，所以才會讓我感到難受吧。」
「……正因為是真理，所以才會感到難受是嗎？確實如此。」
琉月深有同感。於是，我繼續將剛才說的話，加以重述。
「要是我們沒有被賦予這樣的角色就好了。這樣的話，我們就不必以這樣的生活方式活著。我們並不允許仰賴他人，但這樣的真理正是導致這座城市從古至今一成不變的原因。」
閉上雙眼，感受著內心所帶來的痛楚，不禁放下了沉重的包袱。
「現在才敢這麼說出口。光是一堆真理就壓得我們喘不過氣。」
「……沒錯。」
「現在，我們需要的就是意志。渴望改變現狀，全新的夢想，希望能看見嶄新的明天，這些都是我們所欠缺的部分。」
我曾想以正確的生活方式，驕傲地活下去。
我一直以為必須遵從這樣的生活方式，因為我出生在名門世家，我認為那是我必須要做到的義務。

然而，那樣的生活方式，仍然不夠。

我只能在所給予的既定框架內，不斷努力罷了。

我缺乏足夠的力量以及意志，去超越那個框架。

而且，蕾妮和瑟絲卡身上擁有那股力量及意志。

如今，那兩人，正站在決定這座城市未來走向的位置上。

「——真是耀眼啊。」

一直以來，那兩人都是十分耀眼。

可是我無法對她們說出嚮往的言語。如果承認自己不如她們，那麼我可能就無法再站起來了。

「……確實很耀眼呢。如果我們也能夠成為那樣的人，或許就不會在這邊感到遺憾了吧。」

「……就說只是假設罷了。」

「那我們也只能接受了啊。」

「……也對。」

就算琉月與我處於對立面，我們卻能夠彼此產生共鳴。對於這份救贖感，我著實感到，這真的是多麼奇妙的一件事。

「我太弱小了，也缺乏力量。但因此而一直無能為力，那是不可取的。」

自己未必能實現的事情，蕾妮和瑟絲卡卻能比自己開創更嶄新的未來。

但那並不代表我要完全仰賴她們。

既然想要驕傲地活下去，我也必須竭盡所能，全力以赴。

並非盲目的追隨所給予的正確，而是必須全心全意地去追求自己所認定正確的事物。

「我絕不會讓任何人妨礙蕾妮和瑟絲卡的。對於她們想要過著自由自在的生活方式來說，這座城市實在太狹隘了。」

幸福且快樂、不需要改變的樂園，終究註定會結束。

僅僅依附在那裡，並非能抵擋住人們內心任何的事物。所以，我必須要拿起武器。

手握力量，懷有意志，踏出邁向嶄新明天的那一步。

我也想成為像蕾妮和瑟絲卡那樣的人，渴望想改變那種令人喘不過氣，沉重且殘酷的現實。

所以，我可沒有時間在現實的面前失落。

「低頭的姿態，可不符合我的一貫作風。」

「哇啊——好帥氣啊～」

「……妳是故意的？」

「嗯，我只是打從心底覺得好帥氣，才這麼說的哦。」

「妳說的話還真是令人難以信服呢。」

「畢竟我之前一直都像是一具空殼似的騙子。」

空殼似的騙子。對於這樣自稱的琉月，我不禁輕聲呢喃自語：

「……那我可能就是個空虛的人吧？只有外表，內在卻很膚淺。」

「喬瑟特？」

「就算內在膚淺、空虛，我們還是可以慢慢填補起來。」

「說得可真是好聽……不過，也確實如此，或許我不該有這種想法吧。」

「怎麼了？」

琉月難為情地露出了笑容。不過，她的目光卻很犀利，完全感受不到任何的笑意。

「希望父親能夠遭受一點報應之類的想法。」

「但這樣也挺好的啦。」

「……挺好的嗎？我之前從未有過這樣的想法，所以有些拿不定主意。」

像是第一次感到不安的琉月，輕聲地呢喃自語。

對著這樣的她，我嗤笑了一聲說道。

「要是妳真的淪落成無可救藥之人，我可以用一記耳光打醒妳，讓妳清醒過來。」

我不像琉月那樣如此憎恨自己的父母或是家庭。但如果我們的境遇互相對調的話，或許，我也會變得和她一樣。

因此，如果琉月誤入歧途，那我就來阻止她。畢竟，我們兩人太過相近，所以才能夠將話語傳達給她。

正當我這麼一想時，琉月一臉茫然失措的模樣。接著，她對我淺淺一笑，如此說道：

「……被妳打耳光，應該會很痛吧。」

「當然啦。」

「妳不打算手下留情？」

「一點都不。」

「噫噫噫！妳真的好嚴厲，好可怕啊！」

「如果妳能夠原諒妳的父母，或許我可以考慮，手下留情。」

「……妳還真是嚴厲啊。」

琉月感到難為情，眉頭緊蹙。接著，忍不住笑了出來。

「果然，我還是真的很討厭妳……啊，這就是嫉妒的感覺嗎？讓我感到很討厭呢。」

「呵呵，活該。」

「妳從剛才就對我很狠毒吧？」

「因為這樣才有趣啊，比起不知道妳在想些什麼，我更喜歡現在的妳。」

「個性真糟～」

「彼此彼此……閒話就到此為止吧。」

「是啊，那麼，出發吧。」

兩人幾乎同時踏出腳步，朝向艾爾加登家族的目標邁進。

在與琉月並肩同行的同時，我由衷地在心裡默默地祈禱。

（──瑟絲卡、蕾妮，願妳們也能夠得到一個令人滿意的結局。）

第九章　接著，少女們拿起了武器

我浸泡在龍泉之內，自由地在水面徜徉，看著那些滴滴垂墜的水珠落入泉中。

這樣的畫面，在我的眼前不知道重複了多少遍，對於早已看膩了的光景，我悄悄地閉上了雙眼。

（琉月，妳跑去哪了……）

最近都沒有見到她的身影，讓我稍微感到有點在意。希望身邊至少有個人可以和我交談，不禁感到有些鬱悶。

自己一個人時，腦中的思緒難免會過於紊亂。像是自從擊退了瑟絲卡後，究竟又過了多久之類的事情。

僅僅這樣，我就快快不樂。

就連時間的知覺，我也似乎忘卻。

之所以會變得這樣，是因為我已經感受不到飢餓感了。

這裡充溢著守護龍大人的力量，僅僅只要吸取了這股力量，就可以維持住身體的運行。

這並不意味著我可以不吃不喝，而是我確切地感受到身體不再緊密地依靠進食。這讓我更清楚明白，自己與人類的形態漸漸遠去。

閉上雙眼，蕩漾在泉水之中的同時，意識也逐漸發散而去。

接著，我所瞧見的，竟是城市之外的廣袤天地。宛如意識穿越了城市之外的外面世界，我感知著這片不同以往的世界。

城市之內，生機盎然。而城市之外，竟是如此荒廢不堪。

岩石或是枯木自由地滾動，裸露的赤褐色土地毫無遮掩。這樣的光景一直延伸至無跡遠處，也感受不到任何的生命蹤跡。

這片早已枯竭且萎絕的荒原，彷彿走向了盡頭。就連雜草也無法在這片土地上萌芽。

在這之中，只有這座由守護龍大人所守護的城市，是唯一的例外。

（所以，根本就不會有人願意離開。即便走向城市之外，也不會有任何的希望。因此，這座城市巫女的存在是必要的。）

為了延續這片土地，為了維持住這座城市，讓人們能夠繼續生活。

因此，必須要有人能夠成為守護龍大人的代理人，成為能夠承載這股力量的容器，擔負起這份重任。

這是必要之事，為了在這世界活下去，必須要有人去擔負起這一切。而贏得這場最後的勝利，成為了巫女的我，這便是我的使命。

（……真是無聊。）

然而，時間只是不斷地流逝。即便厭倦了在水中搖曳，我也只能游回到泉水邊緣。

起初，在掌握守護龍大人的力量時，體內伴隨著一股劇烈的痛楚。現在，我早已分不清是否還能夠感知到這份痛楚了。

一開始只是在不斷思考著該如何有效地運用這股力量，盡可能地去完成這一切。之後只要長時間地維持住這個循環，將這座城市得以延續下去即可。

這就是我的使命，也是我目前所被授予的一切。

（……真是寂寞。）

一個人真的好寂寞。但我必須要習慣一個人獨處。想必這樣的生活可能會伴隨著我直到走向生命的盡頭。一旦難以適應，內心就會逐漸感到崩潰。

我必須得努力活得久一點才行。想必，我是最後一位能成為巫女的人了。所以，我必須得把這份幸福延續下去。

（果然，我還是很不喜歡這種生存方式呢……）

成為了巫女以後，繼續維持著這座城市的運行。僅僅如此罷了。

在那之後，就沒有什麼我要做的事了。什麼也沒有，反倒最好。

因為這正是這座城市依舊和平的最好象徵。

然後，我想一直閉上雙眼，直到迎來終結的那一刻。

（我必須得盡早習慣。度過著這百無聊賴的生活，僅存於此的日子……）

在厭倦這樣的日子到來以前，就連想要守護的心情，也逐漸消磨殆盡。

正當我陷入了這樣的思緒之時，遠處傳來了陣陣的腳步聲，似乎有人進到了這裡。

（這腳步聲……不是琉月。）

那無疑是奔跑的腳步聲。是琉月的話，她根本就沒必要奔跑。

那麼，究竟會是誰？就這樣，我不斷在思考著。剎那間，心臟頓時悸動了起來。

腦中極力否定著浮現的答案，我伸出手拿起放在泉邊的雙劍。那奔赴前來的陣陣腳步聲，在即將抵達這裡前，放緩速度。

我以祈禱般的心情等待著這個人的出現，希望那腳步聲屬於琉月。

「……啊。」

我不禁失聲，無法抑制住想哭的情緒。心中彷彿被攪和般一團紊亂，無法分辨出情感。

為什麼？我在心中呢喃。

各種複雜的情感交織在一起，幾乎令我想要放聲吶喊。我用力緊咬住脣，強忍住湧上心頭的情緒。

嵌在牆上的龍石，不斷地閃爍。在其照亮下，她——瑟絲卡，以緩慢的步伐進入這裡。

「蕾妮。」

「……瑟絲卡。」

我把湧上心頭的情緒壓抑回去，呼喊她的名字。就連聲音也變得十分低沉。

瑟絲卡手持著槍，緩緩地走入空洞之中。

正當她注意到守護龍大人的遺骸時，不禁倒吸了一口氣，不過隨即發出了嘆息，似乎接受了眼前的一切。

（即便妳早已知曉，再次看見時，也只是這種程度的反應嗎……瑟絲卡。）

面對她那種淡泊的態度，我不清楚該有什麼想法，腦中一片茫然。

我的情緒被攪和得一團混亂，使我動彈不得，彷彿置身在水中一般痛苦得掙扎，感覺十分沉重。

我什麼也說不出話，瑟絲卡卻打破了這道沉默。

「在來到這裡以前，我想像過了許許多多的場景。再次見到妳時，我會抱持著什麼樣的情感。會不會生氣？會不會想哭？或是像我所預料的那樣高興？還是……果然變得更加悲傷之類的情感，真的是……各式各樣的可能……我都有想過。」

瑟絲卡的聲音相當平靜，她只是淡淡地將聲音編織成話語。

「或許每一種都有吧，我也不明白。只是為了想再次見到妳，來到這裡。我覺得只差一步……結果，我對一切也都不在乎了。」

「不在乎了……？」

「其實根本就沒必要煩惱。只是我之前沒有意識到罷了。來到這裡的那一瞬間，我突然明白了。」

話音剛落，瑟絲卡的臉上洋溢著笑容。

我不明白她為何要如此會心一笑，只是感到十分困惑。

「蕾妮。」

如往常一樣。

早上醒來時，突然有事情要處理時，在這種悠然自得的日常當中，瑟絲卡總是以這樣的口吻呼喊著我。

「我，是來帶妳離開這裡的。」

「……為什麼？」

悲傷的情緒籠罩著我。既痛苦又心酸，甚至對此開始抱持著憎恨的情感。

「為什麼妳不放任不管？為什麼妳要對我說出這種話？」

即便是已經無法改變的現實，妳還是要告訴我放棄嗎？

我只是一味地拒絕瑟絲卡的話語，想把耳朵堵住。

「不僅僅是我一個人。就連喬瑟特和琉月，也都為了讓妳放棄做為巫女的身分而戰。」

「……咦？」

「不是只有我一個人，想結束這一切。」

「為什麼……？為什麼……妳們憑什麼擅自作主？」

排山倒海的情緒湧了上來，我歇斯底里地對她大喊。

這究竟是怎麼一回事？不只是瑟絲卡？

琉月她們也都為了讓我放棄做為巫女的身分而戰？

我不明白其中的含義，陷入困惑，而瑟絲卡則是以平穩的聲音向我傾訴：

「大家都未曾想過要妳犧牲自己。」

「妳們完全不明白，根本一點也不明白，所以才會說出這種話！巫女才是必要的存在！一旦沒有了巫女，這座城市就會無法維持下去！除此之外，沒有其他的生存之道了！」

「是否真如妳所說的那樣，我們尚未知曉。」

「我知道的！我是知道的！城市之外究竟是怎樣的世界！所以，即便離開了這裡，外面也沒有我們能夠生存的地方！」

腦海中閃過的是一片荒廢無際的外面世界。

如果要我放棄做為巫女的身分，這座城市也會和那樣的世界一樣，變得如此荒蕪。

我們只能依靠守護龍大人的庇護，在這片土地上生存。

「剛才的話，她們也都對我說過。那麼，無論是選擇哪一個方式，結果不都一樣嗎？」

「一樣……？妳說哪裡一樣了!?」

「無論是哪種選擇，這座城市最後都會走向終結，那麼，妳也不必一個人背負起所有的責任。」

「……所以，妳們是叫我捨棄掉巫女該面對的職責嗎？」

「我們是要妳不必自我犧牲，也不必獨自一人背負起這座城市走向滅亡的責任。」

「可是大家並非像妳一樣，能夠接受現實啊！」

我將如此無可奈何、無法改變的事情，毫不保留地投射在瑟絲卡身上。

呼吸愈發急促，不過瑟絲卡依舊沉著冷靜，繼續對我緩緩說道：

「即便如此，妳也不必一個人去面對。大家都應該知道真相，告訴他們這座城市沒有巫女便會無法維持下去，以及巫女身分的意義所在。建立在大家都瞭解的基礎上，我們再共同去尋找新希望。」

「如果這樣而引起人們之間的鬥爭，那又有何意義！」

「……對妳來說，或許確實如此。因為妳早就決定好了，之所以妳會成為巫女，是為了守護這座城市。既然這樣，那就得排除可能會引起人們之間鬥爭的選項。」

「既然如此，為什麼還……？」

「但是，我無法像妳一樣，心地如此善良。」

瑟絲卡以無比平靜的口吻告訴著我。感覺她與上次見面時相比，已經完全不同，我不禁感到崩潰。

情緒被搖撼，感覺自己快要發脾氣了。我不知道為何內心會如此不安，完全弄不明白。

「夠了，瑟絲卡！好了，妳趕快回去吧！我們之前的對話已經有了結論！」

「那麼，我先向妳道歉……看來，我還是沒辦法放棄呢，蕾妮。」

瑟絲卡這句平靜的話語，刺傷了我的心。我感覺到一陣頭暈目眩，把手放到了額頭上，試圖掩蓋心中的不安，卻無法壓抑住湧上心頭的焦慮。

「既然那是妳的期望，是我輸了；那麼，我就應該從這裡離開才對。即便如此，我還是依然站在妳面前，連自己都覺得不肯善罷甘休呢。」

「既然妳都明白，那就該放棄啊！」

「做不到。」

「為什麼……？」

「以前，我總是錯誤地以為讓妳成為巫女是對的選擇。所以，讓妳成為了巫女的我，有一份責任。」

「哪有什麼責任！妳根本就不知道，況且這是我自己所選擇的道路！」

「但是，如果我早知道會變成現在這樣，那我絕對不會讓妳成為巫女的。不僅是背叛了妳的夢想，也無法拯救任何人；那樣的話，巫女根本就毫無價值可言！」

瑟絲卡以堅定不已的口吻說出了這番話。

話說得如此強烈，我不禁感到壓迫。

「妳想成為的並非是為了他人而去自我犧牲，而是為了能守護大家罷了。所以，這根本就是錯的啊！」

「夠了！我已經沒有退路了！如果這是唯一保護大家的方法，我會選擇這樣的方法！我無法讓大家感到絕望！」

「我不會感到絕望的……對不起，我撒謊了。我曾一度陷入絕望，我不想再絕望了，所以才會站在妳面前。」

瑟絲卡難為情地說完以後，直勾勾地凝視著我，眼神堅定且真摯。

「與其放棄救妳而感到絕望，我寧願失去活著的意義。所以我會一遍又一遍地向妳傳達我的心意。」

「……為什麼？妳為什麼要這樣做？」

話語聲正在不斷地顫抖著。

為什麼瑟絲卡會對我如此在意？

明明我曾經把妳推開，對妳如此殘酷地對待，讓妳深受痛苦。

「——我，憎恨著這座城市。如果我成為了巫女，我會把這座龍都全部摧毀。」

瑟絲卡的這般話語，使我不禁倒吸了一口氣。瑟絲卡是如此地真心。如果她成為了巫女，她真的會把這座城市全都摧毀。對此，我深信不已。

「我不認為這座城市的現存方式是正確的。讓某人背負一切，大家卻一無所知地得以存活，甚至能感受到一種醜陋。」

「可是，正因為有這座城市的存在，大家才能夠笑著度過生活啊！」

「真是這樣的話，就更應該接受這座城市的現實。蕾妮，妳忍受得了嗎？只是因為一無所知而讓某人犧牲自己的性命，即便知曉了那樣的真相，妳也能打從心底真誠地向對方道謝嗎？」

「這……！」

「生活的保障如果是以某人的性命做為代價，還有人試圖慫恿大家去這麼做的話——那樣的世界，毀滅最好。」

「瑟絲卡……」

「特別是將最珍視之人，以此做為代價，更是讓我無法接受！」

那番如同鋒刃般且尖銳的話語，刺向了我。深深地、強烈地刺入了我的心靈最深處。

我從未見過瑟絲卡如此憤怒的一面。憤怒的原因，竟是出自於我身上，這讓我感到心如刀割。

「雖然妳曾說過，並非所有的人都能夠願意背負起責任，但如果把責任全都推給某個人，大家卻一無所知，這根本就不是正確的做法。那麼，難道不該讓每個人都知道真相嗎？」

「那是……！」

面對瑟絲卡的提問，讓我無言以對。

如果有人對我說出：「謝謝妳願意犧牲自我。」光是想像一下這種場景，我的心就快被撕裂了一般。

我不想在毫不知情的情況下被捲入這件事當中，那樣的話，我大概會後悔沒能早點知道真相吧。

但是，即便如此，我還是──

「吶，蕾妮，妳已經失去對他人的信任了嗎？」

「……」

「妳認為每個人都會在面對現實時感到絕望嗎？妳有沒有想過，會有人和妳一樣站在一起，共同面對困難？」

「……瑟絲卡，正是因為我相信，所以我才不想讓大家感到絕望。我該怎樣向他們傳達這份幸福即將消失的訊息呢？明明我沒有辦法讓任何人都不受到傷害就結束這一切！」

誰都不想因此受到傷害，誰都不想因此感到絕望。

所以，我無法向大家傳達這份幸福即將結束的訊息。我比誰都還要渴望能夠守護住的這份幸福，無情的事實卻擺在眼前，這是無法實現的美夢。

那麼，至少在泡沫中，我希望能夠長久地、持續地做著這個美夢。

一個沒有任何人會受到傷害，充滿夢想的樂園。即使最後要由我關閉這個樂園。

就算被大家憎恨、抱怨、怒罵，也比讓任何人因此而受傷要來得更好。

「我是最瞭解現實情況無法改變的人。所以，即便結局終將來臨，我也會一直努力到最後，並向大家道歉。這是我唯一能夠做的……！」

「——別開玩笑了!!」

我感受到了瑟絲卡如此憤怒的怒火，就連空氣都彷彿在瑟瑟顫抖。當我抬起頭時，看到了瑟絲卡比剛才更加激動地站在那裡。

「蕾妮，妳實在是太善良了！但是，這種善良只不過是在把妳自己的意願強加給別人！就好像在說『我願意為了讓妳們能夠幸福，奉獻自己的生命』一樣。而這種強加自己意願給別人的幸福方式，我根本就無法得到幸福啊！」

「強加」這一詞，使得我步履蹣跚，差點站不穩腳步。

但我很快咬緊牙關，用全身的力量向瑟絲卡怒目而視。

「如果不這麼做，這座城市就會無法延續下去！」

「那是妳不惜犧牲都要守護的事情嗎？」

「因為我身為巫女，那是我必須面對的事情。」

「只是因為身為巫女，就自作主張地有所期待、強加觀念、理所當然地認為自己的生活能因此變得更好。明明並非是我自己願意擁有的才能，只是因為我有天賦而被讚譽，而大家卻在背地裡議論紛紛地嘲諷我說『那並非是我們所期望的一切』，龍都的人就是這副德行，一直以來、一直以來，這種人都讓我感到如此噁心。」

瑟絲卡吐露心聲般地說出了這番話。

她散發出了一種冰冷的氛圍，我的背脊不禁竄過一股惡寒的涼意。

想到她一直以來所抱持的情感，我不知該如何面對才好。

「只要是符合大家期盼的巫女，就友善對待。不符合大家期盼的巫女，就有所抱怨。我一直被強迫以自己不希望的方式存活著，而那些努力想成為巫女的人，他們連看也不看一眼。即便是已經走入了他們的視線範圍以內，也不曾寄予過任何的期望，根本就漠不關心。一直以來，我都是看到這樣的人存在呢。」

「……瑟絲卡。」

「妳可能已經害怕相信別人了吧。但是，對我來說，打從一開始，我就已經無法再相信別人了。我討厭這座城市，只要事情不按照他們的意志，就會變得如此自私。」

瑟絲卡握緊拳頭，就連手也都在微微地顫抖，低沉般的聲音，彷彿訴說著這一切。

我知道她對他人不感興趣，但從未想過她會有如此負面的一面。

因為一直以來，她就對他人漠不關心地生活，所以我也一直以為她能獨自面對這一切。

或許她一開始並非是如此地冷漠無情，而是因為失去了信任而感到憎恨，才會變得如此地冷漠無情……

「蕾妮，妳是第一個能讓我打從心底相信，願意和妳一同追逐夢想的人。之所以我能不感到絕望地堅持下去，全是因為有妳的陪伴。」

瑟絲卡所說的話語，直接戳中了我的心，讓我差點失去了平衡。

我從未想過她會對我寄予如此沉重的期盼，甚至投以比我想像中還要來得更深的情感。

「我不要！我不要妳為了他人的幸福而成為犧牲品，我無法容忍這樣的事情發生。如果是這樣的話，那就讓一切都毀滅吧！我不需要任何的救贖。我討厭說出『那樣就好』的妳！我也討厭讓我說出『那樣就好』的世界，一直以來、一直以來……我都討厭這一切！」

瑟絲卡用如此顫抖的聲音向我大喊，我像是看到了一個哭泣一般的孩子。

或許，那是長久以來無法哭泣的瑟絲卡，內心如同孩子一般真情地流露。

「是妳教會了我，不必放棄這一切，也不必對這一切妥協。為什麼我還要對妳所視為的無可奈何，說出放棄的話呢？如果妳的人生被奪去，我又該怎麼做才能得到幸福？」

「這……」

「那樣的說法並不適合妳，因為妳，是多麼地無可奈何。」

瑟絲卡擦拭著眼角滲出的眼淚，輕聲地說出了這番話。

「現在的妳，就和我一樣。即便不是我所期望的那樣，也必須接受現實。到那時候，我只能無所期待地繼續過生活，感到絕望。能夠拯救像我這樣如此無奈的人，是妳。」

「停下吧……已經夠了……」

「我絕對不會停下的，我會一遍又一遍地傳達，直到能夠向妳傳達。」

「我說了，讓妳停下了啊！」

多想堵住耳朵啊。但手中握住的武器，使我無法做到，只能向瑟絲卡大聲斥責。

她的眼神充滿了悲傷，為什麼瑟絲卡會看起來如此受傷呢？

因為我傷害了她？是現在的我……對她所造成的傷害嗎？

「現在，我們的角色完全對調了呢。」

周圍的人們，一直對瑟絲卡寄予期望，使得她不得不放棄。而我一直以來就不斷地追逐著夢想，無論多麼地辛苦，也不願放棄。

啊啊，真是的，現在的我們，角色完全相反了呢。

「一定是哪裡出了問題，才會變成這樣對吧？畢竟妳能贏過我，是因為妳沒有放棄。是妳當初告訴了一直想放棄的我，不必放棄。而妳現在，卻告訴我應該放棄？」

「……」

「還是說，妳所告訴我的夢想、希望，就連拯救我這件事，都是可以如此輕易就失去的東西？」

「……」

「快說點什麼啊！」

但我的嘴巴卻編織不出任何的話語。

如同死沉一般的沉寂籠罩，使我快被壓得喘不過氣。

下一秒，瑟絲卡卻輕輕地笑出了聲，彷彿想化解這沉甸甸的氣氛。

「……啊啊，這不像我，真的不像我。」

「……瑟絲卡？」

「嗯，這不像我呢。我們變得完全相反，很不像自己呢，這真的不是屬於我們的風格，並非是我們所扮演的角色。」

瑟絲卡對我淺淺一笑。為什麼她能在這種時候笑得出來呢？我實在是無法理解。

對了，是因為我已迷失了方向。其實理由非常單純。

「對世界感到厭倦，然後放棄，可不是我的風格啊。那才是真正的笨蛋與善良之人才會做的事情。如果不是妳來告訴我的話，我這輩子都不會明白……我的人生將一直停滯不前。」

「啊……」

「蕾妮，妳給我展示的夢想，這樣的結局真的可以嗎？」

找不出任何的理由。在瑟絲卡的問話下，我幾乎屏住了呼吸。

「難道世上真的找不到一個能讓大家臉上都洋溢著笑容，充滿幸福的地方嗎？」

或許真的沒有吧。

我忍不住說出了這句話，不禁咬住了嘴唇。

「我無法認同哦。我是為了這樣的結局而輸給妳嗎？絕對不是的。不然就太奇怪了。」

夠了，希望瑟絲卡能夠停下來。

明明想這麼告訴她，但我卻無法對她開口。

「為什麼要放棄呢？蕾妮。」

那還不是因為，我只能放棄。

……真的？

「如果妳只能說出放棄的話語，那妳為什麼還要讓我抱有期待呢？」

「瑟絲卡……」

「我是否應該向妳道歉呢？但是我，無法放棄。」

「……放棄什麼？」

「妳總是如此善良，總是試圖尋找著讓所有人都能夠獲得幸福的方法，認真且努力地實現著自己的夢想。」

瑟絲卡用直勾勾的眼神凝視著我。

喉嚨中彷彿有一道聲音快要流溢而出。

我不禁退後一步，有股想要就這麼逃離現場的衝動。

「雖然很不習慣，但我會試圖去做的。絕對不放棄，拚命去爭取實現自己的願望。就像妳……一直向我挑戰一樣。」

那就是我貨真價實的本性。

啊啊，真是多麼諷刺啊。

一直以來，像是放棄了一樣而繼續生活的瑟絲卡。

而現在，她卻向我宣稱著絕對不會放棄我。

那麼，現在的我，是否也如同以前的瑟絲卡那樣？

我真的想放棄嗎？這樣下去，真的可以嗎？

——因為，那是何等無奈。

無論如何地去思考，最終都會走向結局。
因為這是無可奈何之事，所以我應該放棄。
我被束縛在原地，不知道該如何是好，什麼也做不了。
如果這就是瑟絲卡所飽受到的劇烈痛楚，那麼，過去的我，是多麼地厚顏無恥啊。不禁讓我產生了自我厭惡。
「哈哈……」
但我還是不禁笑了起來。就連我自己，都沒有預料到會如此一笑。
明明臉上洋溢著笑容，淚水卻潸然流下。因為這一笑，我終於意識到了。
「……瑟絲卡」
「怎麼了？」
「現在，妳還對我抱有期望嗎？」
聽到我的這番話，瑟絲卡露出了對我經常展示的無畏笑容。
「不抱有期待的話，我也不會做到這種地步。」
「……這樣啊。」
啊啊，那是多麼難得的幸福啊。
在我持續地認為只能放棄之時，破曉的那一道曙光，像是向我伸出了救援之手。

我是否也能讓瑟絲卡感受著這樣如此深刻的情感？

如果是這樣，那我該有多驕傲。

經過了深思熟慮之後，我咬緊牙關，又再次地確認。隨即，深深地吐出了一口氣。

「真是令人發笑，我們的處境完全相反了呢。」

「是啊。」

「……我呢，覺得應該要好好地反思一下過去的自己。」

「真是巧啊，那我也是。」

「不過，意外地，我覺得這樣也挺好的。」

「那當然囉。就像是無論多麼努力地想切斷這樣的孽緣，卻又割捨不斷的緣分。」

「是呢。」

即便瑟絲卡試圖放棄，我也不會讓她放棄的。

當我試圖放棄時，她卻擋在了我的面前。

究竟哪一方是正確的，機會一遍又一遍地造訪，讓我們相互確認。

這無疑是纏綿不斷的緣分。無論發生了什麼，我們之間也都無法斷捨這般紐帶。

「瑟絲卡，可以向妳確認一件事嗎……？」

「好，我聽著。是什麼？」

「我們是否可以放棄這樣的世界？」

「哈。」

面對我的問題，瑟絲卡像是嘲諷一般地回答著。

對我莞爾一笑，在她的笑容之中，也似乎恢復了一些精神。

「那是我的臺詞吧？快點把角色還給我。」

「說『角色』這一詞的方式還真是尖酸刻薄啊。」

「當然，冷酷無情這樣的角色，就交給我扮演就好了。而妳這樣傻乎乎像個笨蛋似的，整天做著美夢，為了實現自己的夢想而活，正好適合呢。」

「……真的可以嗎？」

我不放棄的話，巫女的存在方式就會有所崩壞。在這座城市之中那些曾經感到幸福的人們，也很有可能無法原諒我呢。

即便如此，為了讓大家獲得幸福，我持續追逐著夢想。

真的可以這麼隨心所欲嗎？

我不知道。所以，我想好好地確認。唯獨與妳一起。

瑟絲卡就站在那兒，手持長槍，對準了我，一邊告訴著我。

「那我就來幫妳確認吧。唯獨親眼見證過的我。我會證明給妳看的，用我們所特有的方式。」

「……這不就代表著不放棄的人，才是贏家嗎？」

「但這不就是一直以來屬於我們的風格嗎？」

「是這樣嗎？或許吧……」

「不過，機會僅此一次。如果是我贏了的話，那就證明過去贏過我的妳，是正確的。現在的妳，是錯誤的。那麼，妳就得趕緊放棄做為巫女的身分吧。如果是我輸了的話，我也會接受現在的妳，放棄是對的選擇，也會承認是我的錯。接著，再讓我們好好地想一想，該怎麼做好嗎？是否真的沒有任何能拯救這一切的方法？讓我們好好確定一下。」

「……我不會手下留情的。」

「我也沒有想要手下留情。所以，只要妳稍微不留神，我就會讓妳嘗嘗苦頭。我一直很認真地面對著妳。一旦妳產生了手下留情的念頭，我就絕對不會原諒妳的。」

——妳也不會原諒我對吧？

即便我沒有說出口，但感覺就是像這樣彼此質問著。

的確，如果瑟絲卡放水而導致我獲勝的話，我是無法坦然接受的。

即便是一直以來認為無法切斷的孽緣，或許也無法坦然接受。

啊啊，我竟然會產生如此這般的期待。或許是我一直讓瑟絲卡抱有這樣的情感吧。這大概是因為……我成為了巫女而背叛了她。

即便這樣，瑟絲卡仍然站在了我面前。告訴著我，不要放棄，要勇敢面對這一切。

如果瑟絲卡對我說，願意再好好地確認一次，無論結果如何，對我來說，那便已足夠。

因此，現在的我，能做到的就只有全力以赴。

如果我連這一點也都做不到的話，我就沒有接受瑟絲卡心意的資格，不配擁有。

「瑟絲卡。」

「蕾妮。」

彼此呼喊著對方的名字，相互凝視。

除此之外，再也不需要更多的話語。

手中持有著武器，互相對峙。

接著，在沒有任何的暗號情況下，我們開始同時奔跑。

我的雙劍與瑟絲卡的長槍交錯碰撞，發出了響亮的聲響，在空中回蕩。

瞬間，我將全身緊緊地包裹，直立了起來，專注在加速本身上。

此時此刻，我的「逆鱗形態」比起巫女選拔之戰時的速度，更是要遠遠地超越，凌駕之上。

我以風馳電掣的速度與連擊，讓瑟絲卡難以承受傷害，姿勢開始變得搖搖欲墜，不得不後退了幾步。

正當我準備向前踏出一步時，她不允許自己再往後卻步。

後退的同時，她一邊飛躍地扭動著身體，卻早已準備好了攻擊的姿勢。

「——！」

就在我屏住呼吸的瞬間，瑟絲卡的「牙」朝我發出了攻勢。

我輕輕地迴避，僥倖躲過了「牙」的攻擊，接著，迅速地轉身添加力道，縮短了與她之間的距離。

就在我試圖砍向瑟絲卡的同時，她迅速地抽出了長槍，阻擋了我的貼近。

武器再次交錯在一起，發出了高亢嘹亮的撞擊聲響。

快、快、快，只是一心追求著加快的速度。在我如此思考的同時，瑟絲卡也做出了反應。畢竟，現在的我，絕對比過去還要強大。

現在，我能輕鬆應對著瑟絲卡的攻擊。之前我還曾懷疑是否能夠戰勝她，但這似乎已經成為了遙遠的過去。

我輕而易舉地彈開了她手中的長槍。

奇怪的是，要擊敗她，卻不是如此容易的一件事。

正因為如此，我才能從她身上察覺到和以往不同之處。

「妳這個不折不扣的女騙子……竟敢模仿我的動作……！」

「難道妳就只會說出這種貶低他人的話嗎？」

——是「鱗」！

琵絲卡的動作比以前更加地靈活。不、甚至覺得此時此刻的她，正在不斷地進化。

竟然是我拚了命學習才掌握的「鱗」。

「多虧了妳多次的示範，真是討厭呢！」

她利用「鱗」來提升自己身體的能力，但看起來並非像我一樣，將「鱗」當作「逆鱗豎立」來使用。

所以，琵絲卡所展示的「鱗」，可以直接用來防禦。因為「鱗」或多或少能發出一些堅硬的攻擊，這也就是為什麼剛才她能在那種不合理的姿勢下，釋出「牙」。

這樣下去，就算增加攻擊的次數，也無法阻止琵絲卡發動「牙」。

無論我如何進攻，她總是能巧妙靈活地如流水一般動作流暢，發出「牙」的攻擊。

如果這都不算上是女騙子，那我還能用什麼言辭來形容她！

「瑟絲卡，妳幾乎都沒怎麼用過『鱗』吧！」

「只是沒有必要使用罷了，但我並沒有說過我不會用吧？」

「妳這個只會模仿他人動作的女騙子！能不能體會一下被妳一眼模仿動作的我，是何等的無奈嗎！」

「能用的東西不用，那怎麼行！」

瑟絲卡在姿勢失去了平衡之前，彈開了我，迅速地往後退。

她的後退時機如此地精確，甚至讓我感到一絲不悅。

但這也是瑟絲卡，擁有如此壓倒性的天賦，一旦掌握其中的技巧，就能夠觸類旁通，竟是如此的曠世奇才。

「可是，還不夠啊。」

「呿……！」

再一次塌陷的姿勢，瑟絲卡試圖與我拉開了距離。

我趁她未能逃脫之前，向她狠狠地踢出一記重擊。

勢不可遏的力道將她推向了前方，使她完全無法壓制，最終滾倒在地。

雖然瑟絲卡的臉蛋和衣物被塵土弄得髒兮兮的，但戰意卻未曾退減。

隨即，重新調整了姿勢，再次架好了長槍。

「雖然妳技巧熟練地能夠駕馭『鱗』，那又有什麼用？說到底，連妳引以為傲的『牙』，也都無法碰觸到我，那又有什麼意義？力量方面我是無窮無盡的，妳根本就沒有任何的勝算，明白嗎？」

「……是啊。」

「……看來妳並不否定呢。」

「這就是我們之間的實力差距。那麼，又代表著什麼？」

「妳會說『那只是無謂的掙扎！』」

這一次，輪到我向她發動攻擊。瑟絲卡揮舞著長槍，試圖向我迎擊，但我卻強行地滑入了她的懷裡。

就在她大驚失色之時，我再次用劍柄向她狠狠地敲打著胸膛。

「唔、哈啊!?」

這一次，瑟絲卡完全無法抵擋住我的攻擊，一臉尷尬地滾倒在地上。

她虛脫地倒在地上，儘管咳嗽，但仍然不服地站起了身。

「咳、咳……這種無謂的掙扎。我有很長一段時間都是這麼想的呢。明明一遍又一遍地被弄得髒兮兮，但我卻還是不肯放棄，真像個笨蛋呢，我一直都是這麼想的。」

「……真是個笨蛋呢。如果妳早點放棄，或許就不會變成這副德行了。」

「但是，如果我放棄，那我就不會站在這裡了，我也不會變得如此奮不顧身地去拚命著。蕾妮……現在的我，看起來很愚蠢嗎？」

「……看來是呢。」

「真的？」

「沒錯。」

「那麼，妳對我失望了嗎？」

面對瑟絲卡的問題，我緊緊地咬住嘴唇，搖了搖頭。

我無法對她說出：「她是愚蠢的。」一旦我說出口，那就是否定過去的我，向瑟絲卡所展示的模樣。

「不得不承認呢。真正應該被錯估的人，一直都是對一切放棄的我自己。我曾經認為妳才是真正的強者。」

「……這樣啊。還真是讓我感到害羞呢。」

「所以我不能輸。如果我在這裡放棄了，那我就是否定了妳的強大。這樣妳就失去了妳獨特的價值。」

「現在的我……比以前……強太多了呢。」

「那是巫女的力量。只是這樣而已。沒有其他的解釋了，蕾妮。」

「只是這樣嗎……」

「力量並非一切，僅憑力量無法改變任何事情。即使擁有力量，如果只有這些，那只會導致毀滅一切。」

「才不會呢。我成為巫女，就能夠守護這座城市。」

「那樣做，就和為了守護現在而摧毀未來一樣。」

「……如果這麼說的話，瑟絲卡，妳認為為了未來，就能夠摧毀現在嗎？」

「——我就是這麼認為的。」

瑟絲卡堅定地說出了這句話。

她的堅定使我不禁屏住了呼吸。我無法將目光從她的身上移開，也感覺到呼吸變得困難。

「比起守護更多的生命而妥協，不放棄任何的事物，堅持守護一切的選擇，會更加地困難且艱鉅。而妳，本應是那種無論遇到多麼不合理的困難也不會放棄的人。然而，妳現在卻說『沒辦法』，試圖逃避未來，這讓我感到無法忍受。」

「守護現在也是會與未來相連的……」

「我不希望只有現在，沒有未來。我希望不是同於昨天的今天，而是全然不同的明天。」

瑟絲卡緊緊地握住了手中的長槍，以致槍的尖端都在瑟瑟顫抖，一邊如此地傾訴著。

「妳活在的世界，為我的世界增添了色彩。妳教會了我，即便在一直枯燥乏味的世界中，也有值得期待的美好。這個如寶藏般的美麗願望，我不會讓妳否定的。不管妳說自己有多麼地強大。」

「……因為沒辦法啊！」

「巫女的存在方式，不是絕對的唯一。我，會嘗試向妳證明這一點。」

「瑟絲卡！」

「我相信還有更好的方法，以及存在的可能性。所以，我就沒有任何放棄的理由！」

瑟絲卡堅定地邁出一步，向我逐漸逼近。

我竭力地擺脫內心的痛楚，用力擊退她所揮來的攻擊。

或許是剛才正中她的胸口開始奏效，瑟絲卡的動作突然變得很遲鈍。

明明應該很遲緩的，但是不知怎地，我卻又變得無法再次捕捉她的動作。「為什麼呢？」一我的內心湧起了自我厭惡。

並不是輕視，即便是在我們面對的期間裡，我甚至也能感受到瑟絲卡變得越來越強大。

明明是我應該越來越強大的。但為什麼我內心的不安，卻無法平息呢？

難道，居然走到了這一步，我會——害怕瑟絲卡了嗎？

「——放棄吧!!」

我一味地想向瑟絲卡發動致命的一擊。

但是，在下一個瞬間，我驚訝地瞪大了雙眼。

瑟絲卡輕易地將我的攻擊化解，就這麼靈巧地向後一閃。

而我的背後所在——正是守護龍大人的泉。

瑟絲卡猛然地轉向泉，全力地奔向它。

看到了這一幕，一股惡寒的涼意，迅速地在我的全身上下四處蔓延開來。我不顧一切拚了命地大聲喊道。

「不要碰它！」

我也立刻轉身，追向瑟絲卡。而瑟絲卡卻伸出了手，試圖觸碰著泉水。瑟絲卡的手觸碰到了水面，似乎就這麼打算沉入泉水之中。我追了上去，以一腳踢中了她的側腹，防止她的動作。

腳下傳來了讓我感到不快的觸感，我似乎聽到好像有東西斷裂了。

「——唔哈!?咳……咳……咳……啊……咳！」

像是在泉的水面上滑行一般，瑟絲卡的身體在空中飛舞著，然後猛烈地撞向了牆壁。

或許是剛才的一擊，損傷了她的內臟，瑟絲卡吐出了鮮血，倒在原地。好險。

如果瑟絲卡稍微觸碰到了泉水的力量，結果會怎樣我根本不敢想像。

即便是瑟絲卡，我也不認為她能夠輕易地使用守護龍大人的力量，但是萬一發生了什麼意外，還是有可能的。

（但是，這樣下去……）

剛才的一擊，無疑是給瑟絲卡帶來了嚴重的傷害。

這樣她的動作應該會變得更加遲鈍。這樣的話，我的勝利就不會受到動搖。

那麼，接下來就只剩下如何讓瑟絲卡放棄了……對，我一直都在思考這個問題。

「……原來如此、呢。」

平息了呼吸的瑟絲卡，緊緊地握住剛才稍微浸泡在泉水的手。

「真是的……巫女什麼的，根本就毫無用處呢。」

「……瑟絲卡？」

「對於這種僅僅只是些微的力量，妳居然會如此感激，竟然為了巫女之名不斷地做出努力，甚至願意為此做為犧牲品？真的是……令人作嘔。」

瑟絲卡用帶著憤怒的聲音低聲咒罵著。

明明肋骨應該已經破碎了，但她仍然艱難地站了起來，怒目瞪視著我。

「只要稍微碰觸一下就能知道了。這裡留下的只是力量罷了，已經沒有任何意志可言了。既然如此，只要稍微許願，這種存在方式應該就能夠改變。但妳卻認為不能夠改變，為什麼會被灌輸這種扭曲的想法呢？」

「被灌輸……？」

「很簡單啊。就像這座城市本身被當作了人質一樣，不是嗎？」

這番話，瑟絲卡的瞳孔之中宛如火焰在搖曳一般，閃爍著光芒。

意志本身猶如燃燒一般冒出熊熊烈火，瞳孔中所綻放出的光芒如此強烈，讓我不禁想要避開她的光芒。

面對人質這樣的事實，我無法反駁，一時之間，張口結舌。如果要我放棄做為巫女，龍都的人們將會失去歸宿。

「果然，這件事本身是錯誤的。」

「瑟絲卡……」

「我能理解妳說不想傷害任何人的心情。但有時候，我們必須面對傷害，向前邁進──現在，我比任何人都還要深切地體悟到了這一點。」

她一邊這樣說道，一邊從懷中取出了某物，看到這一幕──我結結實實地噤聲了。

那是一把看起來像是由白色材質雕刻而製成的小刀。

我啞口無言的原因是，從那把白色的小刀上，我感受到了一股守護龍大人的力量。

「瑟絲卡，那是……」

「這是喬瑟特託付給我的東西，法露娜家族的最後王牌。效果由琉月親自保證。」

「那是……不可以啊！」

在我看到那東西的瞬間，立刻了解。

那是守護龍大人的碎片——恐怕是「牙」。

為什麼在瑟絲卡來到這裡時，我都沒注意到她有這樣的東西呢？

「那是不可以使用的東西！」

「這種東西只是力量對吧？」

「那是不可以使用的，那種東西比泉水的力量還更加地濃烈且危險！」

沒錯，這碎片確實與遺骸所滴下的泉水，力量相去甚遠。

如果將這種東西吸入體內的話，會發生什麼事，光是這樣的想像，就足以令人畏懼。那是我第一次獲得守護龍大人力量時所經歷過的劇烈痛楚。

我回想起第一次在獲得守護龍大人的力量時所體會到的劇烈痛楚，就不禁臉色蒼白了起來。

「泉水大概也是，只要稍微觸碰我就能明白。所以我已經沒有任何猶豫的理由了。因為我能夠明白，這裡的一切單純只是力量罷了。」

「瑟絲卡，不要！」

我向瑟絲卡懇求般地呼喊著，但她只是緩緩地搖頭。

「蕾妮，守護龍大人和巫女都已經不存在了。曾經守護我們的神明大人，也早就離世。」

「可是、可是，還有我啊！我會努力的！」

「這座城市是以巫女做為犧牲品才得以倖存的！這就是我們住在龍都、身為盧德貝基亞的人們所累積的罪孽！僅僅只是因為待在這，就得背負這般罪孽，甚至連選擇自由的權利也被剝奪！我們身在這樣的處境，究竟又和籠中鳥有何區別？接受這樣的方式存在，又究竟能拯救什麼，改變了什麼!?」

我的傾訴還是無法傳達給她。

瑟絲卡緊緊握住了守護龍大人的「牙」，對我大聲喊著。

「那麼，就由我來摧毀這種無望的體制！力量僅僅只是權力罷了！如何運用這股力量，全憑我們的意志吧!?」

「瑟絲卡！」

「妳真的認為維持這座城市能帶來幸福嗎？從未想過如果有了這股力量，其實我們可以去外面的世界尋找可能性！」

「那又如何……妳根本就不瞭解外面的世界！」

「守護龍大人並非是神明！對不是神一般的存在，又怎麼可能真正瞭解過這世界的一切！」

「那、那是……」

「——我們不必拘泥於維持這座城市的現狀，或許在未知的世界中，存在著大家都能獲得幸福的可能。這就夠了吧，妳不必為了這樣的理由而賭上自己的性命！妳沒有放棄的理由!!」

突然，我的身體在搖晃，被那聲呼喊的意志不停地敲打著撼動了想法。

隨即，我無法阻止瑟絲卡接下來的動作，就這麼眼睜睜地看著她，毫不猶豫地將「牙」給刺入了掌心。

「牙」失去了本來的形狀，逐漸融入並漸漸消失在瑟絲卡的體內。

瑟絲卡的頭髮產生了靜電反應，一股驚濤駭浪的力量如暴風雨般狂風呼嘯在空洞之中，就連空氣也隨之波動，令人不寒而慄。

隨著力量愈發增強，瑟絲卡的臉逐漸扭曲，十分痛苦的樣子。

「嘖、啊，好痛……才不是呢……」

「瑟、瑟絲卡！」

「讓我背負著這樣的痛楚，就連一直以來所渴望的夢想及期望也都要讓我一同放棄，這樣的事情，我絕不容許……！」

瑟絲卡在輕微地晃動後，咬緊牙關，身體開始發出猶如嘎嘎一般的聲響，痛苦不堪，像是在訴說她不屈不撓的意志。

然而，力量尚未平靜下來以前，瑟絲卡就已經架好了長槍，凝視著我。

「蕾妮，我已經準備好了……！哪一方要就此放棄，哪一方要被對方認可！一直以來，我們都是如此，相互面對來決定這一切！用盡全力正面迎擊，毫不保留地展現出自己所有的實力！就像妳看過大家臉上洋溢的笑容對吧！」

是因為這般痛楚，還是情感激蕩，瑟絲卡的眼淚不斷地滴下。而那些淚水乘著力量的波濤駭浪，在空中逐漸消散。

「妳用的力量不是為了壓制對方，而是通過力量，傳達思想！試圖瞭解對方在想些什麼！試圖理解彼此！妳一直希望彼此能夠互相理解，一同走下去！向來如此！只是因為這份力量的大小與這份責任的重量發生了變化，妳就必須做出改變嗎!?」

「……啊。」

「如果妳不能獨自一人奔赴前行，不小心迷失了道路的方向，我會一遍又一遍地向妳伸出援手！我從來就沒有打算讓妳獨自一人去背負起這一切！我一直支持著妳的夢想，並非是為了讓妳獨自一人面對這一切，而是為了看見妳的夢想與理想！」

瑟絲卡大聲呼喊，深深地吸了一口氣，接著——臉上露出了一抹微笑。

「因為妳的夢想，已經成為了我的夢想。」

啊，原來如此。

受到瑟絲卡的話語影響，我也自然而然地重新持起了雙劍。

瑟絲卡也邁出一步，朝我逼近。

我幾乎是半反射性地防禦了她的攻擊，但這次她的速度和力量遠遠超越了之前。

在某種程度上，我的意識仍然有些模糊，但即便如此，我的身體還是不停地動了起來。

隨著與瑟絲卡的動作相應之中，好幾次雙劍和長槍互相交叉著。

在多次不斷重複的過程之中，我的意識逐漸變得更加清晰。

每次的視野都會被出現的淚水所滲透。

無論我變得多麼強大，實力差距有多麼大，即便如此還是互相填補，促進彼此，互相確認了彼此的存在。

這就是我們向來的相處之道。

因此，我比任何人都還能夠清晰地感受到彼此的存在。

「唔、啊、唔啊啊啊啊啊啊啊——!!」

我聲嘶力竭地對她大喊，那道聲音從腹部湧出，甚至震撼到了靈魂深處。

我不想輸。無論如何，我都不能輸給瑟絲卡，我不想被她因此嫌棄。

不想讓她從嘴裡說出無趣，更不希望她以冷冰冰的眼神看待著這世界。

起初，或許只是出於同情，又或者只是出於害怕。

我不願相信和承認自己所看到的世界，實際上並不幸福，我不想這樣想。

所以，希望她能看向我。我相信，她一定能找到屬於自己的笑容。

明明我想這麼告訴她，這個願望，已經實現的說——

「難道這樣錯了嗎!?」

我大聲呼喊著，就像在傾訴一般。

「我想要守護大家，幫助大家！」

止不住的眼淚就這麼流露出來。

「我只能想到放棄夢想！」

儘管如此，從我體內湧出的這股力量，依然在肆意激盪。

「明明能不能抱有夢想，希望是否能實現，都根本就不確定，卻是如此地撕心裂肺！」

我吐出了內心所滋生的絕望和達觀。

胸口的絕望與體悟湧了出來。

「即便如此，我還是必須繼續努力對吧!?」

「但那並非是義務。」

瑟絲卡回答著。

她真切地接收了我的這股力量、這份情感，以及所有。

「妳的願望並非源自於義務對吧。」

「並不是、義務。」

「那僅僅是妳一個純粹的心願對吧。打從心底妳所嚮往的心願，那樣就足夠了！」

瑟絲卡微微一笑地對我說出這番話。

「才不夠呢。或許什麼都做不到，實現那樣的夢想，妳不是很擅長嗎？」

……啊啊。

狂暴的力量正逐漸地被磨得精光、迷茫的情感卻紛紛匯聚。
我們的鬥嘴不會停下。在其中被磨得閃閃發光，逐漸變得鮮明起來。
而原本灰色的世界，鮮明的色彩逐漸綻放，宛如散發光芒一般。
「──呿……好不容易以為贏了的呢。」
瑟絲卡擺出了戰鬥的姿態。那是我一直以來所嚮往的姿態。
如果我也能擁有那樣的力量，我也能──一直這麼思索著。
明明已經超越了那樣的姿態，確實也擁有過那些事物。
「──蕾妮啊!!」
像是要把我的心聲傳遞出去，伴隨著瑟絲卡的咆哮怒吼，一同釋出了「牙」，染白了我的視野。
一股衝擊感突然襲來，我的身體在空中飄揚。
當我終於回復視野，映入眼簾的卻是從手中脫落、旋轉而出的雙劍。
接著從背後摔落，而所帶來的衝擊感貫穿全身。

背部劇痛到我感覺快要昏迷過去。

明明已經無法再站起來了，但我卻不禁笑了出來。

淚水止不住地流淌，彷彿被壓抑的栓子終於破裂了一般。

瑟絲卡向我走來，俯視著我。

然後慢慢彎下膝蓋，向我伸出手來。她的手掌觸摸著我的臉頰，溫暖得有些奇怪，卻又十分舒適。

「……蕾妮，妳醒了嗎？」

「……哈哈……或許像是做了一場惡夢似的。」

「確實是做了一場不太好的惡夢呢。真的是，唉……對我而言，也是最糟的惡夢。」

「……瑟絲卡，那個、對不——」

「不必道歉。」

瑟絲卡的手指輕輕觸碰著我緊閉的脣上，讓我停止了話語。接著她將手輕輕地放在了我的臉頰上，對著我微笑說道。

「照顧妳已經成為我的習慣，這是理所當然的，所以妳不必道歉。如果妳無論如何都一定要向我道歉的話，那還不如向我表達感謝之情。」

「……瑟絲卡。」

「像妳這樣，願意為了我付出到這種地步。所以——妳要心存感激。」

她露出了滿足的笑容，表情溫柔地向我緩緩訴說著。

那是迄今為止我看過瑟絲卡的表情當中，最美的一抹笑容。

能讓瑟絲卡露出那樣如此的笑容，除了我以外，沒有其他人。

這個事實在我的心中悄然延伸，蔓延至每一個角落。

啊啊……我總是很晚才察覺到。

「……最先看到我的夢想，一直是妳啊，瑟絲卡。」

我應該在瑟絲卡拚了命地阻止我、不讓自己流淚的那一刻起，就該意識到這一點。錯的人其實是我。

我不該選擇放棄，而是應該去尋找即便冒險也能拯救大家的道路。那本該是我的期望，可是在背負起生命如此沉重的巨大壓力下，我開始變得膽怯。

「確實……這種事不該由妳獨自一人去面對呢。」

如果妳能原諒我，我想去尋找一條能拯救大家的道路。

雖然可能會給大家帶來一些困擾及辛苦，也不知道是否能找到我所期望的希望。

儘管如此，我本應堅毅地對抗這一切，堅守信念，也不願讓任何人因此犧牲。

在成為了巫女之後，原本應侍奉的守護龍大人，竟然已經不復存在，周遭也沒有人能與我並肩前行，我一廂情願地以為獨自一人能背負起這一切。

「……瑟絲卡。」

「什麼事，蕾妮？」

面對困難，或許會辛苦，也不確定是否能找到我所期望的希望。

「……我，還想繼續努力。但是自己一個人的話，果然還是無法勝過妳。所以，瑟絲卡，妳願意再幫我一次嗎？」

「光是贏了一次就被妳認為是完全超越了，我實在是有點惱火呢。不過，這也沒辦法啦。」

瑟絲卡溫柔地對我淺淺一笑——

「——實際上，我真的、就是這種人啦。」

——從瑟絲卡嘴角溢出了血。

慢慢地，她倒臥在我的懷裡。

「……瑟絲卡？」

我呆愣愣地將瑟絲卡的身體緊緊地抱住不放，心中一下子失去了所有血色。

守護龍大人的力量在她體內肆虐，侵蝕著她的身體。

瑟絲卡的生命就會在一瞬之間消逝，如果任由發展，瑟絲卡就會死掉。

……死？瑟絲卡，會死掉？

「瑟、瑟絲卡！別這樣，振作一點！」

「臨陣磨槍的行動，果然還是很嚴峻呢。儘管現在比之前好些，妳能身為巫女並成為力量的容器，果然比我更來得了不起呢……」

「笨蛋！笨蛋、笨蛋、笨蛋！」

我情緒失控地忍不住向瑟絲卡大聲呼喊，搖晃著身體。

「為什麼妳要說出放棄的話，保持意識，讓力量冷靜啊，總會有辦法的，不是嗎！」

我把瑟絲卡的身體攙扶起來，確認著她的狀況。瑟絲卡的身體充斥著守護龍大人的力量，似乎正在超載，體內彷彿瀕臨壞死狀態。

每當我在瞭解瑟絲卡的狀況時，我的血色就不斷地褪去。

「瑟絲卡，不要……不要這樣啊！我不會讓妳一個人，不會讓妳孤單的！為什麼會死!?妳是打算把我一個人留下來嗎!?」

我的思緒陷入了混亂，而瑟絲卡的意識也越來越模糊，她用迷濛的眼神，回望著我。

「我可沒有那樣的打算……犧牲自己到那種地步，感覺一股寒意突然湧上心頭。但是，要不是這樣，我根本就無法說服妳……根本就沒辦法啊……」

「怎麼會……」

「……不是說了嗎？妳的夢想已經成為了我的夢想。所以，如果妳能重新奪回夢想的話……我就……」

「是我不夠好——都是因為我……！」

在這樣的過程下，瑟絲卡的生命正一分一秒地逐漸流逝。

我什麼也做不了，只能眼睜睜地看著這一切的發生？

都怪我因此而迷失了方向，犯下了錯誤。

（不要……我絕對不要那樣！）

我不想讓瑟絲卡就這樣死去。但是，該怎麼做才好？

（不能放棄……絕對不能放棄！）

不能停止思考。持續把握現在的狀況。即使死亡的真實感逐漸逼近，我們也沒有時間陷入絕望。

（瑟絲卡的身體，因為守護龍大人的力量太過強烈而造成了傷害。她無法完全地控制住這股力量。那麼，如果將這股強烈力量減弱並掌握的話……！）

瑟絲卡的症狀就像是給花草澆水過多而導致根部腐爛一般。

那麼，只要將導致根部腐爛的原因——過多的力量稀釋掉，就可以了。

「瑟絲卡！瑟絲卡，不可以閉上眼睛啊！保持清醒！」

「……」

「瑟絲卡！」

然而，面對即將失去意識的瑟絲卡，我無法控制住這股力量。如果瑟絲卡本人都無法做得到的話，那麼，就只能由其他人去代替了。

——但是，該怎樣做才好？

（我從外面與瑟絲卡的靈氣同步操控嗎？這樣做真的可行嗎？更何況我的靈氣如果保持原樣的話，對當前的她來說，可能太過強大……！）

就算能同步，我也沒有足夠的把握，能夠做到控制住瑟絲卡體內肆虐妄為的這股力量。

我的力量已經十分強大，甚至到了愈發濃烈的地步，結果很有可能導致瑟絲卡的自我毀滅。

（如果能讓瑟絲卡的這股力量更加穩定且有效地控制住這股力量的擴散，就能幫助到她了嗎？間接地控制住力量是可行的，但該如何擴散呢？用「牙」將靈氣噴發出去？不、不行！那樣的話瑟絲卡就會無法承受。必須得想想其他的方法……！）

我猛然地抬起頭。在我身邊，有一池充滿著守護龍大人力量的龍泉。

只要縱身一躍，就能沐浴在守護龍大人的力量之中。

不過，這座龍泉以這裡為中心，會影響著整座城市。

如果能巧妙地靈活運用這股力量，讓瑟絲卡體內的力量擴散並壓抑住的話，或許還能同時治療瑟絲卡的傷痛。

「……只能姑且一試了。如果只有這一條道路可以走的話！」

總是這樣。我不像瑟絲卡那樣如此天才。

所以我只能通過堆積出來的努力，去解決問題。

力量的控制一直是我想努力的方向。為了跨越瑟絲卡這道牆，成為巫女，守護著大家的笑容。如果現在的我都做不到，那麼，我過去的所有努力，都是為了什麼！

「我再也不想放棄任何事！」

我緊緊地抱住瑟絲卡，跳進了泉水的中心。

就這樣，抱著她的身體不放，漸漸地沉沒在泉水之中。

泉水所積蓄的力量彷彿要滲入我們的體內。我試圖將泉中的這股力量全都集中在我的身上，讓瑟絲卡也試圖捲入在這股力量的流動中，按照我所期望的方式，控制住這股力量。

（瑟絲卡……！）

僅僅只是抱著她的身體還遠遠不夠，還是無法將瑟絲卡完全捲入這股力量的流動中。因此，我必須更加地與她緊密接觸。

（對不起了，瑟絲卡。）

我毅然決然地用手輕輕拂過她的臉頰，然後奪走了她的吻。

彷彿要將氣息傳送給她。像是吸吮她的氣息一般。

我們的呼吸互相交織在一塊，試圖更深層地連結在一起。

（不要留下我一個人！我一直希望妳能與我同樣感受著這份幸福——！）

強烈地祈禱著心中的願望。

那股湧上心頭的力量，一旦不小心，就有可能從體內迸發而出。

我必須竭力地保持住意識，不讓自己被那股力量捲走。拚命維持住自我的意識過程中，彷彿閉上了眼睛。

接著，在閉眼的情況下，我感受到了一道強烈的光芒。

（什麼……!?）

在意識到光芒的瞬間，彷彿被某種力量拽入，我被牽引到了某個空間內。

百花撩亂，世界正在不斷地旋轉，眼前的亂流是一片陌生的光景，似乎沒有終點。

——在那裡，站著一位身穿巫女服的紅髮少女及一條巨大又美麗的白龍。

（這個人是……這條龍，難道是——!?）

紅髮少女似乎察覺到了我的存在，慢慢地將目光轉向了我，並緩緩地向我淺淺一笑。

接著，儘管她的嘴唇一張一翕，但我卻聽不見任何的聲音。

我的臉上帶著苦悶且扭曲的表情，聚精凝神地努力嘗試著聆聽，卻始終沒有聽見任何的聲音傳入耳中。

不知紅髮少女是否察覺得到，她將目光從我的身上游移，瞥向白龍。

白龍將目光投向了我，片刻之後，宛如微笑一般地瞇起了雙眼。隨即，祂將臉龐湊近了紅髮少女，彼此貼近了距離。

紅髮少女和白龍的嘴互相交織。一瞬之間，少女的存在更加強烈，甚至與龍融為了一體。

我拚了命想記住那樣的感覺。

看見這樣的光景，某種意志似乎正在驅使著我。

試圖向我傳達某種訊息，才展示出這一幕的光景。

因此，我會牢牢地將這一幕的光景銘記在心，絕對不會讓它從我的記憶中漸漸忘去。

漸漸地，光芒遠去。結束了親吻的少女與白龍再次將目光轉向了我。

接著，少女緩緩地移動著嘴脣。儘管聽不見聲音，但她試圖將那些話語傳達出去。

『活　下　去』

我想，她似乎是這樣說的。

就在我這樣想的瞬間，少女依偎在白龍身旁，似乎也點點了頭，微微地動了一下脖子。

那就是正確的做法，彷彿是像這樣對我如此訴說著。

「魯多貝基亞大人——！」

那，肯定是白龍，那位尊貴存在的大人之名。

我們的守護龍大人，已經不復存在了，只留下力量。

瞥見一隅的光景，宛如是在對我傳達著某種重要的訊息。

活下去。要活下去。希望我們能夠堅強地活下去，如果這是正確的做法。

「——謝謝！謝謝妳們！」

即便死後，僅僅在這一刻偶然地相遇，祂們仍然在關心著我們。

我不知道這是否真實，或許只是因為痛楚而看見如夢似幻的幻影。

但是，沒關係，我並不介意。即便祂們已經離世，祂們的意志仍然留存。如果有人繼承了祂們的意志，那麼這份意志也將在某人的心中持續活著，直至死去。

守護龍大人永遠留存在我們的心中。

我夢寐以求的願望並沒有完全破滅。因此，我要愈發堅定地去思考。

——我要活下去。無論這個世界有多麼殘酷。

白龍——魯德貝基亞大人，並未流露出回應的跡象。

只是靜靜地凝視著我，不動聲色。

或許，從現在開始，祂會一直以這樣的形式陪伴著我。

曾瞥見一隅的光景，漸行漸遠。儘管我再次陷入了這股力量的洪流之中，處於溺水邊緣的狀態，我仍然拚了命地連接意識，試圖掌控這股力量。

我心中還抱有希望，身旁還有人支持著我，以及託付的祈願。既然我承蒙了這麼多的恩惠，不能說自己什麼也都做不到。

（我們要活下去，從現在開始——！）

然後，在這股洶湧的洪流之中，剎那間，瞥見一隅的光景，已完全隱去。而我的意識也拽入了黑暗的深淵。即便如此，我也絕不會放開手中所感受到的一絲溫暖。

接著，遠方的某處，似乎能夠聽見一道即將崩塌的聲響。隨著那道聲響，我的意識突然開始解放，再也不受任何的束縛，如釋重負。

第十章　啟程之歌

「……蕾……蕾……蕾妮！……蕾妮!!」

遠方似乎傳來呼喊我名字的聲音。

我朦朧地睜開雙眼，看見喬瑟特一臉焦急的模樣，注視著我。

「……喬瑟特？」

「蕾妮，妳沒事吧!?意識還清楚嗎!?」

「我……」

我設法起身，突然感覺到自己手中緊緊握著某樣東西。

視線一瞥，映入眼簾的竟是和我同樣躺在一旁的瑟絲卡。

當我意識到握著她的手時，我急忙起身，一臉迫切地注視著瑟絲卡。

「唔、瑟絲卡……！」

「好了，蕾妮，別動好嗎？妳放心吧，瑟絲卡暫時也平安無事。」

「連琉月也……」

跪在瑟絲卡身旁的琉月，對我如此說道。

我看著她們兩人的臉，輕輕地按壓著疼痛的頭，試著回想發生的過往。

「為什麼妳們會在這？我到底……從那之後，發生了什麼……？」

「……妳先看一下周圍吧？」

「周圍？」

在琉月的提醒下，我將目光瞥向了四周。

我發現自己正躺在空祠之中，被龍石的光芒所照亮。

這讓我開始確信，這裡就是我們當初所交戰的地方。於是，目光再次掠過這裡的每一個角落。隨即，倒抽了一口氣。

「……守護龍大人的遺骸，崩塌了……？」

守護龍大人的遺骸，連同被掩埋的岩壁一起崩塌，將泉水完全掩埋。

在我失去意識的那段時間裡，到底發生了什麼事，我一無所知。只能茫然地注視著那些崩塌之後的遺骸，無法做出任何判斷。

「我感覺到有一股巨大的震動，因此趕緊過來看看。沒想到，結果已經變成這副德行了。」

「這下子艾爾加登家族再也無法隱瞞真相了。」

「欸？」

「由於遺骸的崩塌，守護龍大人的力量似乎轉移到了別的地方。當然力量並未完全消散，但是與以往相比，只剩下少許的一部分。」

琉月依舊以緩慢的語調解釋，而我只能翕動著嘴脣，無法做出任何回應。

「力量轉移到哪裡了？守護龍大人的力量到底在哪？」

「妳完全沒有察覺到嗎？」

面對我的疑問，喬瑟特帶著一絲不悅的眼神，向我看去。

我重新檢視了自己的狀態，突然感覺自己體內潛藏著一股驚人的力量。

「……轉移到了別的地方，難道……是轉移到了我身上？」

「我們也不知為何會變成現在這樣……與其說妳現在是巫女，倒不如說妳已經成為了新的守護龍大人。」

「我成為了……新的守護龍……？」

「糾正一下，這並不代表妳變成了守護龍大人本身。妳只是繼承大部分剩餘的力量罷了。」

「這只是我的推測，應該不至於達到顛峰時期的力量。這僅限於她所能夠控制的範圍之內吧？」

「即便如此，我也已經不是妳的對手了。」

喬瑟特臉上露出了訕笑，語帶諷刺地向我說道。

琉月輕拍了一下喬瑟特的肩膀，接著對我投以認真的眼神，直勾勾地注視著我說道：

「姑且還是提醒妳一下，最好不要隨意使用這股力量。」

「為什麼？」

「如果妳不慎耗盡了自己的力量，瑟絲卡會死掉哦？」

喬瑟特輕輕地觸碰著還沒恢復意識的瑟絲卡，同時說道。

我瞪大了雙眼，向她投以銳利的目光，氣勢洶洶地追問：

「這到底是怎麼一回事!?」

「倒不如說，這才是我們想要問的問題呢。」

「瑟絲卡的身體十分虛弱。老實說，看起來不像是能夠自然康復的狀態。但……

她還活著……」

「……這是什麼意思？」

「妳看。」

在喬瑟特的催促下，我開始觀察瑟絲卡的情況。

雖然瑟絲卡的呼吸很平穩，但當我查探她身體蠢蠢欲動的靈氣時，瞬間就弄清楚了她的狀況。

正如這兩人所訴，她的身體十分虛弱。那殘破不堪的身體，彷彿被一層層充滿光芒的靈氣所滲透。

「這是……我的靈氣嗎？」

「看來是呢。」

「如妳所見，儘管瑟絲卡的身體已經殘破不堪，但妳的靈氣正試圖想維持她的身體。」

「所以我說，如果妳將力量中斷的話，她的身體會變得如何，我們根本就無法預測。」

確實，這是前所未見的狀況。硬要比喻的話，看起來就像是將傷痕累累的身體，以「鱗之型態」的方式，緊緊地包覆住關鍵部位的模樣。

「……一直保持這樣的狀態，也不可能吧？」

「這一點……連我自己都搞不懂，我也是頭一次見到這種情況。」

雖然我感到不安，但還是向喬瑟特詢問，然而此時此刻，她的眼神表露出了複雜的神色，左右為難地搖著頭。

「這傷勢到底是治得好，還是治不好，我們其實也不曉得。但是我認為如果輕率地取消靈氣的注入，可能會造成無法挽回的後果，就感到心生畏懼。」

「靈氣看起來像是交織在一起，卻又不完全是這樣。或許瑟絲卡自身的靈氣與蕾妮的靈氣，能夠彼此和諧，達到『共存』吧？」

說到「共存」時，腦海中浮現的是失去意識之前，稍微瞥見貌似初代巫女的少女，以及貌似守護龍大人的身影。

彼此交織深情的吻，彷彿祂們的存在逐漸融為一體的光景。如果那並非是幻影，而是實際透過某種方式來傳達的某種形式……

「……或許瑟絲卡現在的狀態，正是初代巫女與守護龍大人當初互相共存的狀態？」

我輕聲嘀咕，喬瑟特和琉月都目瞪口呆地睜大了雙眼。

「……確實。如果蕾妮視為龍來看待，將她的靈氣融入瑟絲卡的體內與之共存，或許就是原本巫女應有的姿態。」

「也就是說，瑟絲卡成為了類似像蕾妮的巫女？」

「雖然我只是單憑直覺，但是應該可以這樣說。」

喬瑟特和琉月點點頭，彷彿彼此之間已達成了共識。

那時我所瞥見的光景，現在已無從得知。無法驗證我們的推測是否正確。但即便如此……

「……居然能夠為了無關緊要的話題而熱烈討論，妳們關係可真好啊。」

「瑟絲卡！妳醒了呀!?」

瑟絲卡朦朧地睜開了雙眼，不情願地嘀咕了一句。

當我湊過去凝視著她時，瑟絲卡的目光轉向了我。

「……比預想得還要更快醒來呢。」

「哼，居然還能說出這般令人討厭的話，看來妳還挺有精神的嘛。幹得好，瑟絲卡。」

「既然妳們都在這，那就代表艾爾加登家族已經被鎮壓了對吧？」

「是的，現在他們正被法露娜家族的人看守著。」

「……這樣啊。」

瑟絲卡深深地嘆了一口氣，然後慢慢地起身。

起身之後，她用手輕輕按壓住額頭，確認了一下自己的身體狀況。看起來有些疲憊。

「……不過仔細一想，這樣的狀態下我居然還活著，連我自己都感到很不可思議呢。」

「妳還好嗎……？」

「狀況確實不太樂觀。我想，如果失去蕾妮的力量，我應該連站都站不穩吧。這種奇妙的感覺，真是難以形容，但確實是最合理的解釋了。」

「原來如此……那我是不是需要每隔一段時間就把力量注入給瑟絲卡呢？」

「或許是哦……」

呼，瑟絲卡深深地嘆了一口氣，用手遮蓋住雙眼。

我不知道該說什麼，兩人陷入了一陣沉默。

喬瑟特像是代替我開口一樣，幫我解釋說道：

「我們也無法理解妳們的狀況，關於之後該怎麼辦，就由妳們自己決定吧。我們可以討論一下今後的事嗎？」

「嗯，沒問題。」

「我們已經鎮壓了艾爾加登家族，而且守護龍大人的遺骸也崩塌了。如果放著不管的話，龍都遲早會走向滅亡的。」

滅亡。當聽到喬瑟特明確地說出這兩個字時，我不禁閉上了雙眼。

雖然早已做好了覺悟，但再次聽到這樣的話，心中依舊會感到難過。

「即便如此，我們也不能輕易接受毀滅的結局。在守護龍大人的力量耗盡以前，我們必須找到生存之道。」

「但我認為待在完全仰賴守護龍大人力量的這座城市，不是那麼容易能夠找到解決的方法。」

像是補充喬瑟特的話，琉月保持一貫的語調開口說道。

「所以我認為，蕾妮最好離開這座城市。即便妳沒有像守護龍大人過去那樣強大的力量，但只要有妳在，肯定還會出現想要依賴妳的傢伙。」

「這樣啊……」

「我也是這麼想的。所以我有個請求想拜託妳，如果妳能接受的話……」

「請求？」

「我希望妳能離開龍都，尋找讓這座城市繼續延續下去的方法。」

喬瑟特以一副認真的表情對著我說，我不禁露出了複雜的表情。

「那個……喬瑟特……外面的世界，未必有方法……」

「我知道龍都以外的世界是一片荒廢的土地。妳成為了巫女之後，應該有實際感受過外面的世界。但我還是希望妳確認一下，外面是否真的一無所有。我知道這樣的請求或許讓妳感到很為難，但是……我還是想要拜託妳。」

喬瑟特真心浮現出充滿歉意的表情。

然而，她搖了搖頭，重新振作起來，直勾勾地注視著我。

「說實話，就算妳打算放棄這座城市，我也沒有資格譴責妳。所以，這只不過是我的一個請求。希望妳能夠與瑟絲卡一起尋找讓這座龍都繼續延續下去的方法。」

「我也來拜託妳，蕾妮。」

「琉月……」

「艾爾加登家族對妳以及歷代的巫女犯下罪孽深重的罪行，我必須從現在開始彌補我們家族所犯下的罪孽。」

琉月露出慎重其事的表情，以比以往還要更加認真的態度繼續說道：

「當然，彌補是必須的，但妳也必須承擔起自己的責任。所以在妳離開之後所引發的問題，全部由我來承擔。妳可以毫無顧忌的，可以隨心所欲地去做妳想做的事情。如果可以的話，希望妳能夠幫助喬瑟特，未來將交由她擔負起這座城市。」

「……我明白了。我並不會生妳們兩位的氣，也不會對妳們有所憎恨。會發生這種事，並非是誰的責任。」

或許從守護龍大人逝世的那一刻起，就已經註定了這座城市的命運。

而延續命運的結果，終於在我們這一代迎來了最終的時刻。

「既然我身為巫女，雖然一開始並非是我所期望的形式，但我還是想要再努力一次。」

「蕾妮……那麼。」

「嗯，我會確認外面的世界是否有讓龍都延續下去的方法，或者有沒有其他更豐饒的土地……可是，我不能保證自己能夠再回來這裡。」

不能保證自己一定會回來，之所以會這麼說，是因為我已經知道外面的世界是一片荒蕪的土地，或許人類可以繼續生活的地方，只剩下這裡。

但即使如此，我也不能放棄。所以我已經準備好踏上一趟沒有終點的旅程。

「那也沒關係。但如果可以的話，我還是希望妳能夠在一年之內回到這裡。」

「一年？」

「這座城市剩下的守護龍大人的力量，在我和琉月努力之下，應該還能夠維持住一年的時間。就像是巫女的代理人一樣。」

「這段時間裡，我們也會努力去尋找合作的夥伴，說服龍都居民的意願。無論是留下來，還是前往新天地也好，我們都需要團結大家的意志。」

「……妳們……沒問題吧？」

「我們的任務就是確保一切朝向好的方面發展，所以請妳不要露出那樣的表情。」

我的臉上浮現出相當複雜的表情。儘管她們說「這是我們的任務」，但現在喬瑟特和琉月所擔負起的責任，實在是太過沉重。

就在這時一直保持沉默的瑟絲卡，不滿地嘆了一口氣。

「妳還是一如既往地熱心呢。換作是我，早就放棄這整座城市了。」

「瑟絲卡……」

「但是，只要是妳想要這麼做，我就會陪著妳。反正除了陪妳之外，我也沒有其他的選擇了。」

「……對不起，瑟絲卡。」

「為什麼要跟我道歉？比起道歉，妳應該好好改掉濫好人的壞習慣。如果妳想要改變的話，我就會陪妳，但妳應該要說出那樣的話才對吧？」

「……那個，我應該說什麼才好？」

「……唉。」

瑟絲卡擺出一副不高興的表情，嘴脣微微地撇起。

然後她似乎有點難為情地搔弄著頭髮，直勾勾地盯著我。

「蕾妮，妳希望我做些什麼呢？」

面對這樣的提問，我的內心充滿了難以言喻的感動。

一時之間我猶豫了，但我無法抑制自己的心願，終究還是說出口。

「……我希望妳能夠一直陪在我身邊。或許這會給妳造成麻煩，但我仍然希望妳能夠和我在一起。」

「……笨蛋，妳從一開始就應該這樣跟我說。」

瑟絲卡聽到了我的回覆之後，別過了臉。

看見我們這副模樣，琉月輕輕地笑出了聲。

「瑟絲卡還真是害羞呢。」

「妳很吵耶，琉月。」

「好啦、好啦。」

瑟絲卡瞪視著煩人的琉月，但琉月卻笑得開懷，彷彿在說瑟絲卡的反應很有趣。

看著這樣的她們兩人，喬瑟特也如釋重負般地，嘆了一口氣。

「蕾妮，我話先說在前頭，如果妳做不到的話，不用急著回來也沒關係。」

「喬瑟特，我……」

「我的目標是讓這座城市在沒有妳的幫助下，也能夠繼續運轉。所以我會努力讓這座城市不再出現想要利用妳的人。我也希望在妳回來這裡以後，大家都能夠接納妳。」

「但這不容易吧？」

「是的，糾紛是不可避免的事情。或許可能會有人無法接受守護龍大人的力量消失，也可能會有人無法適應失去平靜的日子而感到不安。將這樣的群眾凝聚起來，確實很困難，但如果不這樣做的話，豈不是辜負了妳們的期望？」

喬瑟特說著，臉上露出了微笑。她的笑容自然真誠，讓我也不自覺地露出了微笑。

「所以這裡就交給我和琉月處理吧，妳們趕緊出發吧。」

「……嗯，喬瑟特，請替我問候故鄉的家人。」

「既然決定好了，就得趕緊做準備。蕾妮、瑟絲卡，妳們若想要離開這座城市，最好趁早行動，不然有可能會被城市裡的人們發現哦。」

琉月像是祈禱般地雙手合十，對我們說道。對此，喬瑟特也點點頭，表示同意。

「是的，不能再拖下去了。妳們兩個準備好的話，就趕緊出發吧。」

「知道啦。」

「再這樣下去的話，我可是會生氣的。」

當琉月拍著手，推進談話的同時，我們展開了行動。

離開洞窟的途中，我突然轉身回望。

遺骸崩塌的地方，已經被泉水所掩蓋。似乎還殘留著一點力量，跟當初來到這裡所感受到的詭異氣氛相比，已經消散了不少。

我撫摸著胸口，確實能夠感受到蘊藏在自己體內的力量。為了再次確認，我閉上了雙眼，緩緩地吸了一口氣。

「——再見，我們出發了。」

感謝您長久以來一直守護這座城市。現在，請好好安息吧。

如同熟睡般，幸福的時光終究會逝去，但是我不會忘記被賜予的幸福。

帶著被賜予的幸福，我們現在要憑藉自己的意志來面對這個世界。

如果您仍在某處守護著我們，請您繼續見證我們的未來。

許下這樣的心願後，我頭也不回地，繼續前行。

＊　＊　＊

我和瑟絲卡很快就準備好行李。在瑟絲卡說服我之後，喬瑟特囑咐我們做好隨時踏上旅程的準備。

當我們一切準備就緒的時候，似乎連時間都在催促著我們走出龍都。

越過隔絕外面世界的牆壁，眼前出現了斷崖。我們站在懸崖的尖端，望向朝著前方延伸出去的景色。

那廣袤的景色，與我成為巫女之後所目睹的完全相同。

乾涸泛紅的大地無邊無際地擴散開來。

這片死寂的大地，甚至感受不到草木生命的氣息。

風一吹，塵土飛揚，竟是如此地荒廢不堪。

這比我剛成為巫女時所領悟到的更加空虛，更加令人悲傷。

「這就是……外面的世界。」

在我身旁的瑟絲卡凝視著這個世界輕聲低語。

我將目光轉向她，瑟絲卡跟往常一樣靜靜地站著。

「初次看到這樣的景色，有什麼感想呢？」

「嗯，該怎麼說呢……我覺得滿合理的。」

「合理？」

「活著並不是一件簡單的事情。透過這樣旅行的方式，我才能夠深切地體悟到自己還活著。」

「妳不會感覺到有一絲絲的痛苦和悲傷嗎？」

「正因為感到痛苦和悲傷，這座城市才會成為了人們的樂園。而這座樂園並不是理所當然地存在著。而是建立在某人的願望，以及力量之上。」

瑟絲卡直視著眼前的世界，繼續說道。

她的眼中沒有絲毫的畏懼和失望。她接受了這個世界的原貌，並決定向前邁進。

看著她的側臉，我不禁感到一絲嫉妒。

我一直對這樣的堅強抱有某種程度的憧憬，完全不知道自己會因此而心生嫉妒。

「即使是看著這樣的景色，妳還是和往常一樣呢。」

「也不是那樣啦。嗯、對，就稍微……不、我反而有一點興奮呢。」

「看著這樣的風景……？感覺什麼都沒有啊？」

「如果是這樣，那麼就算在這樣的世界中生存又有何意義？最終只能沉浸在總有一天會結束的美夢之中，那未免也太糟糕了吧。」

「……我也不喜歡這樣呢。」

「那妳為何不試著抱有期望？與其一成不變地腐爛，不如去尋找可能存在的機會，這樣想更開心吧？」

「妳可真是勵志啊。」

「這樣的想法不是更能激發出改變的動力嗎？」

「……瑟絲卡真是了不起。我不太擅長這樣的思考方式。心中充滿不安呢。」

我低聲嘀咕，像是在吐露洩氣話一般。

於是，瑟絲卡輕輕地聳了聳肩，對我說道。

「蕾妮，是妳讓我能夠保持積極樂觀的心態啊。嗯，雖然我沒有打算什麼都不做，不過即使失敗了，也沒關係哦。」

「為什麼呢？」

「畢竟，世界走向終結是事實，人類無法成為萬能的神。所以那些無法改變的事情，那就只能順其自然了。」

「還真是有話直說……」

「所以，不需要批評指教，也無需擔負起任何的責任。讓我們打從心底地期待著

生活之中的樂趣。現在的我們，是自由的！」

「自由是嗎……」

在這個荒蕪的世界裡，我們真的能夠找到什麼嗎？一旦思考這樣的問題，只會讓我內心的不安感越演越烈。

然而，如果我們能夠活在當下，從現在開始，我們就能夠心懷自由，向前邁進。不需要被賦予任何的角色，也不必履行任何的義務。只要能夠隨心所欲地活下去。這樣，我們就不會一直沉浸在無止盡的沮喪之中。

「好耶！既然這樣，我們絕對要找到什麼特別的東西，帶回去當紀念品！一定要讓喬瑟特和琉月也大吃一驚！」

「是啊。」

「即使找不到一絲希望……瑟絲卡，妳也會一直陪在我身邊嗎？」

「笨蛋。」

「笨蛋!?」

「如果找不到治好我身體的方法，沒有妳的話，我就會死掉哦？」

「啊、是啊。那我們也來找找治好妳身體的方法吧！」

「……雖然這樣也不錯，但是妳知道嗎？」

「知道什麼？」

「我之所以能夠維持現在的狀態，是因為我的體內有妳的靈氣對吧？」

「應該是吧？」

「那麼，我要怎樣做，才能吸取妳的靈氣？」

被瑟絲卡一問之下，我不禁回想起之前對她做了什麼。

雖然當時是迫不得已，但我確實對瑟絲卡做出了、那個……吻。

我的目光不禁轉向瑟絲卡的唇上，心臟開始劇烈地跳動。

我非常明白那個吻所代表的含意，只是之前沒有特別意識到而已。

那只不過是因為當時別無選擇，況且我並不討厭瑟絲卡，只要好好地向她解釋一番，她也會理解的！沒錯！

事到如今，我怎麼可能說出那個吻是因為情勢所逼呢!?

(不、不想說啊!!)

既然如此，我必須想方設法，掩飾過去！對，就這麼辦吧！

「……蕾妮？」

「噫噫噫!?」

「怎麼了？」

「沒、沒什麼！沒什麼啦！妳別在意！」

「妳說謊。難道這就是妳不想解釋而擺出的態度嗎？」

「啊、啊，呃，我想想……對了！就是這樣！手、是因為手的關係！」

「手？」

「一直沒有牽著手，現在要重新牽手，讓我感到有點害羞！」

「……牽手是嗎？」

瑟絲卡的表情顯得有些疑惑，然後自然而然地牽起了我的手。

她的動作是如此地自然，以至於我無法對她接下來所做出的行為，做出任何的反應。

——接著，瑟絲卡突然牽起我的手，輕輕地親了過來。

我瞬間石化。

我能夠清晰地感覺到瑟絲卡的脣所帶來的觸感。

當我漸漸地明白現在發生了什麼之時，我慌忙地推開了她。

但不知道怎麼回事，此時的瑟絲卡，力量強大無比，使我無法抗拒。

我努力地掙扎搖頭，終於，她放開了我的雙脣。

「瑟、瑟瑟、瑟絲卡!?妳、妳在做什麼啊!!」

「只是確認而已。」

「確、確認？確認什麼……!?」

「雖然有點模糊，但我還是有意識的。雖然不是百分之百確定就是了。」

瑟絲卡這麼說著，然後用舌頭輕輕舔拭了自己的脣，對我淺淺一笑。

看著她的笑容，我簡直呆若木雞，瞬間雙頰紅得發燙。

「妳、妳……！愛捉弄人！陰險！心機重！」

「明明不擅長說謊，卻還敢試圖掩飾真相。而且，吻個一兩次是會少一塊什麼嗎？」

「會、會少啦！羞恥心、少女心之類的東西，會少一塊啦——！」

「哦，那可真有趣。」

「有趣!?別、別捉弄我啦！」

「好好好，對不起嘛。」

即使我不高興地向她表示著抗議，瑟絲卡也只是咯咯地笑個不停。哎呀、討厭，真是個壞心眼的傢伙！

當我這樣想時，瑟絲卡故意把臉湊近了我的耳邊。

「如果這是妳的初吻的話，我很抱歉——因為我也是第一次，這麼一來我們可算是扯平了。」

「啥？……妳真的是！喂……瑟絲卡！」

「呵呵，好了，我們差不多該出發了。」

瑟絲卡笑得很開心，一邊拉著我的手往前走。

在與瑟絲卡牽手的同時，我不自覺地感受著那隻手的觸感。

彷彿這個世界逐漸荒廢也是微不足道的事情。

「讓我們度過愉快的旅程吧！蕾妮。」

「……嗯，看來不會無聊了。」

啊，我還是第一次看見瑟絲卡打從心底這麼開心的模樣。

當我這樣想的同時，內心也漸漸地充滿喜悅。

未來究竟會有什麼在等待著我們呢？若是一人獨自思索，心中的不安就會像漩渦一樣揮之不去。但現在這份不安，早已煙消雲散。

這一切全都是瑟絲卡的錯，同時也多虧瑟絲卡的功勞。因此我懷抱著強烈的心意喊道。

「瑟絲卡。」

「怎麼了？」

「從今以後，我們也都要一直在一起！」

瑟絲卡為了我不惜一切，沒有失去她，真的是太好了。

果然我還是希望能夠找到治好瑟絲卡身體的方法。我不想去思考失去她的可能性，我將這樣的想法徹底抹去。

因為有瑟絲卡在，我才不會因此而迷失方向。

——即便接下來的道路充滿困難，需要尋找新希望的世界，只要能夠與妳在一起，我相信總有一天也會找到的。

讓我們一起走向未知的世界，不管多遠，我將與妳同行。

在尋找希望與明天的道路上，我們的旅程就此展開。

後記

初次見面的讀者們，大家好。我是鴉ぴえろ。

非常感謝一直以來對我支持有加的讀者們，這裡我由衷地感謝大家，選擇閱讀《回憶重疊的樂園戰場。接著兩人，拿起了武器》這部作品！

這是我在富士見 Fantasia 文庫上所發行的第二部作品，希望大家能夠享受閱讀的樂趣！

這次的故事圍繞在對夢想懷有莫名般憧憬的善良少女——蕾妮，以及擁有天才般的資質，卻多愁善感的少女——瑟絲卡。

她們在現實與理想之間徘徊，卻依然努力地堅守各自的信念。

雖然兩人表面上看起來截然相反，正因如此，她們才能夠真正地理解彼此的想法。我非常期待讀者們對於她們的故事有什麼樣的感想，心裡非常雀躍不已。

這部作品是我和責任編輯，花了很長的一段時間，細心琢磨而成的作品，構思階段經歷了多次的改動，才得以成型。

能夠將這部作品順利地呈現給大家，姑且讓我安心了不少。

雖然蕾妮和瑟絲卡的故事在離開樂園時畫上了句號，不過正如結尾所描述的那樣，她們的故事，既是終結，也是嶄新的開始。

她們選擇離開了樂園，究竟會有什麼樣的事情在等待著她們？如果能夠讓大家因此而展開想像的翅膀，身為作者的我，真的是欣喜若狂。

話說回來，與本作同時發售的前一部作品——《轉生公主與天才千金的魔法革命》，已經決定要TV動畫化了！

還沒有閱讀的朋友，請一定要去閱讀！同時如果您也能夠繼續支持本作，我將不勝感激！

一直以來非常感謝責任編輯的幫忙，還有為這部作品繪製美麗插畫的みきさい老師，以及一直支持並鼓勵著我的讀者朋友們。正是因為從諸多方面得到了大家的助力，我才能夠將這部作品呈現給大家。

再一次由衷地感謝大家！請容我在此擱筆，希望在樂園的後續故事中，能夠再次與大家相見。

鴉　ぴえろ

浮文字

回憶重疊的樂園戰場。接著兩人，拿起了武器
（原名：想いの重なる楽園の戦場。そしてふたりは、武器をとった）

著者／鴉ぴえろ　繪者／みきさい　譯者／李潔鈴
執行長／陳君平　美術總監／沙雲佩　國際版權／黃令歡、高子甯、賴瑜妗
榮譽發行人／黃鎮隆　美術編輯／陳又荻　文字校對／施亞蒨
協理／洪琇菁　執行編輯／石書豪　內文排版／謝青秀

出版／城邦文化事業股份有限公司　尖端出版
臺北市南港區昆陽街十六號八樓
電話：（〇二）二五〇〇－七六〇〇
傳真：（〇二）二五〇〇－二六八三
E-mail: 7novels@mail2.spp.com.tw
發行／英屬蓋曼群島商家庭傳媒股份有限公司城邦分公司　尖端出版
臺北市南港區昆陽街十六號八樓
電話：（〇二）二五〇〇－七六〇〇（代表號）
傳真：（〇二）二五〇〇－一九七九
中彰投以北經銷／楨彥有限公司（含宜花東）
電話：（〇二）八九一九－三三六九
傳真：（〇二）八九一四－五五二四
雲嘉以南／智豐圖書有限公司
（嘉義公司）電話：（〇五）二三三－三八五二
傳真：（〇五）二三三－三八六三
（高雄公司）電話：（〇七）三七三－〇〇七九
傳真：（〇七）三七三－〇〇八七
香港經銷／一代匯集
香港九龍旺角塘尾道六十四號龍駒企業大廈十樓 B&D室
電話：（八五二）二七八三－八一〇二
傳真：（八五二）二七八二－一五二九
新馬經銷／城邦（馬新）出版集團 Cite（M）Sdn. Bhd.
E-mail: cite@cite.com.my
法律顧問／王子文律師　元禾法律事務所
台北市羅斯福路三段三十七號十五樓
二〇二四年三月一版一刷

■中文版■

郵購注意事項：
1.填妥劃撥單資料：帳號：50003021戶名：英屬蓋曼群島商家庭傳媒(股)公司城邦分公司。2.通信欄內註明訂購書名與冊數。3.劃撥金額低於500元，請加附掛號郵資50元。如劃撥日起 10～14日，仍未收到書時，請洽劃撥組。劃撥專線TEL：(03)312-4212 ・ FAX：(03)322-4621。E-mail：marketing@spp.com.tw

國家圖書館出版品預行編目資料

回憶重疊的樂園戰場。接著兩人，拿起了武器 / 鴉ぴえろ作；李潔鈴譯. -- 一版. -- 臺北市：城邦文化事業股份有限公司尖端出版：英屬蓋曼群島商家庭傳媒股份有限公司城邦分公司尖端出版發行, 2024.03
面；　公分
譯自：**想いの重なる楽園の戦場。そしてふたりは、武器をとった**
ISBN 978-626-377-503-9（平裝）

861.57　　112019451